特殊性癖教室へようこそ

中西 鼎

角川スニーカー文庫

20802

プロローグ

就活に失敗した。

俺は採用面接にことごとく落ちまくった。

八月上旬《じょうじゅん》。誰《だれ》もがひとつやふたつは内定を持っている頃《ころ》、俺は未《いま》だに内定がなかった。

志望業界が、良くなかったのかもしれない。

灰色のキャンパスライフを払拭《ふっしょく》するために、キラキラしたマスコミ業界を志望したのが良くなかった。マスコミ業界は志望者が多い。何も考えずに受験した俺は、最終面接にすら残れなかった。

おまけに俺は、マスコミ以外の会社を受けていなかった。ようやく別の業界のエントリーを始めた頃、無情にもタイムアップの宣告があった。

母親に、実家に帰ってこいと言われたのだ。

俺の家は代々教師をやっている。父・母・姉含《ふく》め、親戚《しんせき》一同みんな教師なのだ。祖父が学校法人をやっていて、私立学校を運営している影響《えいきょう》だろう。俺も母親の命令で、取りたくもない教員免許《めんきょ》を取らされていた。

本当は、教師になんてなりたくなかった。大変そうな仕事の割りに地味だし、俺はちゃらんぽらんで責任感もないし、教師のような職業は向いてなさそうだからだ。

だが、就活に失敗した俺に選択権《せんたく》はなかった。

こうして俺は、実家に帰った次の日に、祖父が運営している、私立清純学苑《せいじゅんがくえん》の採用試験を受けることになった。

自己紹介《しょうかい》、自己PR、志望動機、いじめの対策、モンスターペアレンツ問題——等々の教師らしい質問に、俺は祖父から暗記させられた通りの回答をした。俺の回答はしどろもどろだったが、試験前からほぼ内定は決まっていたらしく、面接は和《なご》やかに進んでいった。

ただ一つだけ、思いもよらぬ質問を受けた。


「あなたは、快楽に強い方ですか？」


あの質問は、どういう意味だったんだろう？

面接が終わると、祖父が刷り立ての内定通知書を持ってきた。こうして俺は、清純学苑の教師になった。

いや——なってしまったと言うべきか。

この物語は俺が、特殊性癖《とくしゅせいへき》教室という奇妙《きみょう》なクラスの教師になり、そのクラスの担任として、認められるまでのお話である——

第一章

機械性愛《メカネロティスム》　被写体性愛《オータゴニストフィリア》　自然災害性愛

家具性愛《フォルニフィリア》　食人症《カニバリスム》　埋葬性愛《タフェフィリア》

被虐性愛《マゾヒズム》　異装症《エオニズム》　加虐性愛《サディズム》　刺青性愛《スティグマトフィリア》

動物性愛《ケモナー》　盗撮魔《ピーピングトム》　近親性愛《インセスト》

露出狂《フラッシャー》　人間犬性愛《アミコスイリア》　処女性愛《デフロランティスム》

火炎性愛《パイロフィリア》　幼児衣装性愛《オートネピオフィリア》

色情狂《ニンフォマニアック》　猥語性愛《ナレートフィリア》

目の前のプリントには、おどろおどろしい文字列が躍《おど》っている。

特殊性癖《とくしゅせいへき》の名前が二十個。その上に標題として「二年九組の生徒が持っている全性癖」と書かれている。

「なんですか、これ？」俺は聞いた。

四月二日。私立清純学苑《せいじゅんがくえん》の学苑長室。

目の前には清純学苑の学苑長である死にかけの九十代――小学校時代の自分がつけたあだ名にして――「アンデッド芳雄《よしお》」が座っていた。アンデッドの名に違《たが》わぬ、痩《や》せた頬《ほお》。毛が一本もない頭頂。

「書いてある通りじゃよ」祖父は真面目《まじめ》ぶった声を作った。「伊藤真実《いとうまなみ》先生には新学期から、特殊性癖の持ち主だけのクラス――通称《つうしょう》、特殊性癖教室を担当してもらう」

祖父は、口元をくちゃくちゃさせながら俺を見ている。そのくちゃくちゃを眺《なが》めながら……俺はさっきからずっと思っていたことを言った。

「ひょっとして学苑長先生は、おボケになっておられるのでしょうか？」

「失礼じゃぞ」祖父は、ちょっぴり真面目に俺を叱《しか》った。

「フフ、ボケるにしても、特殊性癖教室とは、随分《ずいぶん》とファンキーなボケ方を……」

「だから、違うと言っておるじゃろ」祖父のハゲた頭に血管が浮《う》かんだ。「お前は、過去の偉人《いじん》や天才には、特殊性癖の持ち主が多いという話を聞いたことはないか？」

「本当かどうかはわかりませんが、聞いたことはありますね」

「例えば、『俺の尻《しり》を舐《な》めろ』を作曲したモーツァルトに、匂《にお》いフェチだったナポレオン。十三才の愛人を愛《め》でていた伊藤博文《いとうひろぶみ》に、バナナをアレしてアレした与謝野晶子《よさのあきこ》。露出狂で逮捕《たいほ》されかけたルソー等、偉人と特殊性癖は切り離《はな》せん」

「それは、後世の人が面白《おもしろ》がってそう伝えただけで……」

「そこで、この学級を作ったご先祖様はこう考えた。『逆に、特殊性癖を持った生徒を集めれば、日本の未来を担《にな》うような人材が集まるのでは？』と」

「逆転の発想過ぎませんか？」

「特殊性癖教室は、全国各地から特殊性癖の生徒を集めたクラスじゃ。人数はわずかに二十人。クラス番号は決まって『九組』で、中高の六年間クラス替《が》えは無い。そこに書かれている性癖を持った生徒が、在籍《ざいせき》しておるクラスじゃ」

俺は渡されたプリントを見る。

どれを取っても危険そうな性癖だ。食人症《カニバリズム》とか火炎性愛《パイロフィリア》とか、洒落《しゃれ》にならなそうなものも書いてある。

祖父の冗談《じょうだん》だとは思いながらも、俺はつい質問をしてしまう。

「こういった生徒たちの情報って、どうやって集めてくるんでしょうか」

意地悪な気持ちで聞いてみると、祖父はさらりと答えた。

「それは、政府と連携《れんけい》して集めておるんじゃよ」

「ハハ、そんな方法ですか」

俺も中学校の時はよく妄想《もうそう》をしたものだ。政府が秘密裏《ひみつり》に能力者を集めているとか……。

「もしかして秘密結社とか、世界政府とかとも関《かか》わりがあるんですか」

「ほう！　飲み込みがいいのう」祖父は頬をほころばせた。「じゃが、この情報はあくまでシークレットじゃ。生徒たちには、特殊性癖教室のことは教えてはならん。秘密を漏洩《ろうえい》すると、秘密警察が殺しに来るぞ」

「そんなレベルなんですか？」

「ああ、そうじゃよ」祖父があまりにも真面目な顔をしているので、段々と不安になってきた。認知症《にんちしょう》に強い医者を予約するべきだろうか……。「一般《いっぱん》の生徒は九組のことを、特別進学クラスとしか思っておらんし、特殊性癖教室の生徒たち自身も、自分たちが特殊性癖という共通点を持って集められていることを知らん」

「はぁ」とはいえ、六年間も同じメンバーのクラスなのだし、当の九組の生徒からすれば、なんとなく気づきそうな気がしなくもない。

「そこで、お前には特殊性癖教室である、高等部の二年九組を受け持って欲しい」

祖父は真剣《しんけん》な目で俺を見つめる。なんとなく、のっぴきならない事態になっている気もしてきた。

「もちろん、やれと言われればやります。ですが、学苑の実績を担っている、エリートクラスですよね。そんなクラスを、新卒の俺が受け持っても――」

「問題ないぞい。おじいちゃんがついておる」

「やっぱりこの件、断らせてもらっても――」

「よーし、決定じゃ。なんとなく、お前には適性がありそうな気がするんじゃよ！」

――なんだか、決まってはいけないことが決まった気がした。

面談が終わり、俺は学苑長室を出た。特殊性癖教室という怪しげな単語が、何度も頭の中でリフレインした。

*

職員室に戻《もど》ると、入り口のところに同僚《どうりょう》の先生方が集まっていた。何があったのかと思えば、なんと俺を待っていたようである。

「伊藤先生」

俺に声をかけてきたのは、白いタンクトップを着た筋骨隆々《りゅうりゅう》の武蔵野《むさしの》先生である。胸筋が強すぎて常に乳首《ちくび》が浮いているこの男は、どう見ても体育教師——ではなく、英語教師である。そして俺の指導教員でもある。

「先生は、特殊性癖教室の担任になったんですよね？」

「……らしいですね」

すると、武蔵野先生の隣《となり》に立っていた女の先生が言った。

「ほうら、やっぱり！」

職員室のマドンナ、国語科の青木《あおき》先生だった。彼女は俺よりも七才年上だ。彼女は年齢《ねんれい》的に頑張《がんば》りすぎな気もする水玉模様のワンピースを着て、大きな胸をゆらゆらと揺《ゆ》らしていた。

「実はですねえ、学苑長先生がたったひとりで教師を呼び出すっていうのは、すごく珍《めずら》しいことなんですよう。その時は決まって、特殊性癖教室の担任を任命する時なんです。だから私は最初に予想したんです。『次の特殊性癖教室の担任は、伊藤先生だ』って」

「まあ、大方の予想通りでしたけどね」武蔵野先生は苦笑《くしょう》する。「新卒の先生が担任になるのは珍しいので、まさか……とは思いましたがね」

青木先生は俺の右手を取ると、上目遣《うわめづか》いで俺を見つめた。

「伊藤先生は二年九組の担任ですよね？　じゃあ、二年五組の担任である私とは、実務で関わることも多くなりそうですね」

「あ、はい……！」

「わからないことがあったら、なんでも聞いて下さいね」

青木先生は俺の手をぎゅっと握《にぎ》る。成熟したアラサー女性の魅力《みりょく》に、女性経験のない俺はくらくらしてしまう。

「そして私が、二年三組の担任です」武蔵野先生が、なぜか逆の手の方を握ってくる。強い力に、骨がギシギシときしむような音を立てた。「もちろん、私も全力でサポートしますよ」

二人の先生が助けてくれるのは頼《たの》もしい。俺は二人に、ずっと疑問に思っていたことを聞いた。

「……それで、特殊性癖教室ってなんですか？」

実は、「本当にあるんですか？」と聞きたかったのだが、どうやら存在はするみたいなので質問を変えた。

「特殊性癖《とくしゅせいへき》を持った生徒が集まるクラスですよ?」武蔵野先生は、なんでもないことのように答えた。

「いや、僕が聞きたいのはそういうことではなくて……」

「そうですね。最初は少し戸惑《とまど》うかもしれませんね。他《ほか》の学級にはない、特殊性癖教室ならではのルールもありますからね」武蔵野先生は、自分のデスクへと俺を案内した。「いい機会です。すぐに覚えてもらいましょう」

武蔵野先生のデスクには「特殊性癖教室の扱《あつか》いについて」と書かれたプリントが貼《は》ってあった。武蔵野先生はプリントを手に取ると俺に言った。

「第一のルールです。特殊性癖教室の先生は、**生徒になるべく寄り添《そ》ってあげて下さい**」

「寄り添う?」

「そうです。特殊な性癖を持った子供たちですから、癖《くせ》の強い生徒が多いんですよ。でも、個性を伸《の》ばすのが目的のクラスですので、出来る限り彼らの話を聞いて下さいね」

「はい、わかりました」

「第二のルールです。特殊性癖教室の生徒は、**遅刻・欠席をしても大丈夫《だいじょうぶ》です**」

「はい?」

「でも、違反したら叱るフリだけはして下さいね」武蔵野先生は笑った。「公《おおやけ》にはダメです。しかし、裏ではお咎《とが》めなしといった形ですね」

「えーっと……」

「第三のルールです。特殊性癖教室の生徒は、なるべく**特殊性癖教室以外の生徒と関わらせない**で下さい。部活動に参加する時なんかは、細心の注意を払《はら》って下さい」

「武蔵野先生？」

「どうしたんですか？」

俺は恐《おそ》る恐る質問した。

「その……、ひょっとすると、僕はものすごくヤバいクラスの担任になったのではないでしょうか……」

武蔵野先生は、苦笑で満面の笑《え》みを浮《う》かべるという、常識外れの芸当をしてみせた。

「大丈夫です。みな、話してみると素直《すなお》でいい子たちですよ」

「本当ですか？」笑顔がこんなにも信じられないのは初めてだった。「変な目に遭《あ》ったりはしないんですか？」

「大丈夫です。……時々、えっちな目に遭うくらいですから」

「遭うんですか!?」

「たまにですよ？　……あ、今の話は青木先生には内緒《ないしょ》にして下さいね」

「言いませんよ!!　……その、段々不安になってきたんですけど。もしかして、具体的に何かあったんですかね？　特殊性癖教室絡《がら》みの事件とか」

「はい！　次の事項《じこう》を読みます。特殊性癖教室の生徒は——」

「ちょっと。武蔵野先生。変な時だけ不親切になるのはやめて下さいよ」その時、武蔵野先生の筋肉は気持ち悪い動き方をした。「……って、武蔵野先生。ごまかしてる時だけは胸筋が縦方向に動くんですね。……うわあ、すっごい動いてる。生き物みたい」

結局、武蔵野先生は詳《くわ》しい事情を教えてくれなかった。

俺の持つクラスは、どういうクラスなんだろう？

日に日に不安は募《つの》っていく。そしてついに、始業式の日を迎《むか》える。

＊

四月六日。金曜日。

今日は始業式だ。朝のホームルームで、俺は初めて二年九組の生徒たちと対面する。

不安だった。昨日の夜は一睡《いっすい》も出来なかった。頭の中に、今までに見たことのある、教師モノのドラマがいくつもフラッシュバックした。

勘弁《かんべん》して欲しい。俺は今までの人生を、割りとノリと勢いだけで生きてきたような男なのだ。どうか神様。俺に平和なクラスを担任させて下さい……。

そう願いながら俺は、二年九組のドアを開けた。

すると……。

そこには——意外なほどに普通《ふつう》の高校生たちが座っていた。

あれ？　俺は拍子《ひょうし》抜《ぬ》けした。これが特殊性癖教室？

「せんせー、早くして下さい」

ぼうっとしていると、女子生徒の一人が口を開いた。

俺はいそいそと教壇《きょうだん》に登り、自己紹介《しょうかい》を始めた。

「みなさんおはよう。俺が二年九組の担任になった伊藤真実です。新任ですが、経験不足は情熱で補います。趣味《しゅみ》はアウトドアです」

当たり障《さわ》りのない自己紹介をしながら（本当は、アウトドアよりもインドアでエロ漫画《まんが》を読む方が好きなのだが……）俺は九組の様子を観察した。

人数の少ないクラスだった。祖父は二十人生徒がいると言っていたけれど、実際に出席している生徒は十四、五人だった。机は他のクラスよりも広い間隔《かんかく》で並べられているが、それでも教室の後ろのスペースは余っていた。

そして女子が多かった。よく見ると男は三人しかいない。特殊性癖の持ち主に女子が多いなんて話は聞いたことがないけれど、このクラスではそうらしい。

特殊性癖教室というか、離島《りとう》の女子校っていう感じだな……。

自己紹介が終わる。普通のことを言ったはずなのに、なぜか生徒たちは笑っていた。

……？

出欠が終わり、始業式までの余った時間は俺への質問コーナーになった。俺の回答に、生徒たちはキャッキャと笑ってくれた。

どうやら親しみを持ってくれているらしい。

にしても、笑い過ぎな気もした。ヒソヒソ話をしている生徒もいる。

不思議に思っていると、派手な音を立ててドアが開き、一人の女子高生が入ってきた。

「ごめんごめーん。テレビ見てたら遅刻《ちこく》しちゃった！」

実に威勢《いせい》のいい遅刻の理由である。弁解をする気はないらしい。

「初日から遅《おく》れて来るなんていい度胸だな……」

俺は、無意味ながらも遅刻を記録しようとして——ふと、遅刻者を見た。

そして衝撃《しょうげき》を受けた。

遅刻してきた生徒は、白ギャルだった。

ごく普通の教室で、彼女の周りだけが異空間のようだった。

髪《かみ》の毛は金色で、肌《はだ》は雪のように白かった。目鼻立ちがハッキリしていて、ひょっとするとハーフなのかもしれなかった。かなりの美少女だ。しかし、それよりも衝撃的なのは露出度《ろしゅつど》の高さである。胸元《むなもと》は大きく開いていて、十六才離《ばな》れした巨乳《きょにゅう》が露《あら》わになっている。スカートは短すぎて、膝上《ひざうえ》何センチっていうか、もはや股下《またした》何センチっていうレベルだった。

深夜に駅前に立っていて、おじさんに声をかけられて、二人でホテルに消えていくのが易々《やすやす》と想像出来るようなビッチを前にして、なんとなく言葉を失っていると、白ギャルは俺を指差してこう言った。

「せんせー、チャック開いてるよ」

「うおっ」

その言葉と共に、生徒たちの間に爆笑《ばくしょう》が広がった。

笑っていた理由はそれか……。

俺は恥《は》ずかしい気持ちでチャックを閉める。

白ギャルは二列目の一番前に座った。あいうえお順の座席と学級日誌を照らし合わせると、少女の名前は胡桃沢朝日《くるみざわあさひ》というらしい。

「何してんの？　質問コーナー？　おもしろそー」

胡桃沢はケラケラ笑っている。実に声のデカい女の子である。

「じゃあ、私からも質問するねー」

「……どうぞ」

「せんせーって、どーてー？」

……って、何を聞いてくるんだ。

「ど、どどど、童貞《どうてい》ちゃうわ」

図星を突《つ》かれて、ついキョドってしまった。

おまけに嘘《うそ》をついてしまった。初体験どころか、女の子と付き合ったことすら一度もないのに。女の子とキスをしたこともないのに……（男とは、飲み会で散々ディープな奴をしたことがあるが……。黒歴史でしかない）。大学時代なんて特に灰色で、女の子と話した時間を総和しても三十秒にも満たないのに……って、回想している場合ではない。

「どーてーじゃないってことは、彼女がいるの？」

「彼女はいない」

「じゃあ彼氏がいるんだ！　確かに言われてみればソレっぽい顔かも……」

「ちげーよ！」

「わかった。せんせーは男の娘《こ》じゃないと駄目《だめ》なんだね」

「そんな複雑な性癖《せいへき》じゃねぇ！」

「ナメクジって性別がないらしいけど……」

「それとこれとは関係ねーよ！」

「えー……？　じゃあ、それ以外の可能性って何？」

「何って……」俺もよくわからなくなってきたな。「先生には昔、彼女がいたんだ……と思う」

「嘘くさー」

「う、嘘じゃない」

「せんせーってさ、キョドり方もどーてーっぽいよねー？」

本当に童貞なんだから仕方ない。

ていうか女子高生が童貞童貞言うな。

「じゃあさー、せんせーの元カノのこともっと教えてよ。名前とか、年齢《ねんれい》とか、出会った場所とか、初デートの場所とか、初体験のシチュエーションとか……あと種族とか」

「種族は人間だからな」

しかし困ったな。そんなに直《す》ぐには設定は練れない。

胡桃沢は見透《みす》かしたような目で俺を見ている。ぐぬぬ……、生意気な白ギャルめ。

「はい、この話はここまでです。終わり終わり！」

そう言って、ごまかそうとした。でも無駄《むだ》だった。

「みんな気になるよねー？」胡桃沢はくるりと教室の後ろの方を向いた。「せんせーの彼女が、どんな人かっていうことー！」

すると、好奇心《こうきしん》豊かな女生徒たちは答えた。

「私も気になるーっ！」

「せんせーって彼女いたんだ。意外ーっ」

「大学生って出会い多いですかー？」

「キャンパスライフって楽しいですか？」

「えっちって気持ちいいですかー？」

ヤバい。女子高生の興味に火が点《つ》いた。

ていうか「えっちって気持ちいいですか」ってなんだ。俺が聞きたいわ。

盛り上がって、ますます離島の女子校のようになった特殊性癖教室を見て、胡桃沢は気を良くした。

「せめて、どんな人だったか、っていうことくらいは聞きたいよねぇ？」

えーっと……。

俺は咄嗟《とっさ》にクリエイティビティを発揮し、なんとか設定を捻出《ねんしゅつ》した。

咄嗟に考えたので、変なことを言ってしまった。

「俺の彼女は……、えっちな女の子でした」


願望を言ったみたいになった。

「へー、えっちな女の子なんだ。どれくらい？」

胡桃沢は侮《あなど》るように笑っている。そうこうしている間もパンツが見えそうだ。

「お前よりもエロいと思うぞ」

しまった。頭に浮《う》かんだことが口から。

「へー、せんせーも私のことエロいって思うんだ」胡桃沢は気を良くしてキャッキャと笑っている。「女子高生にエロいって言うなんて、淫行《いんこう》教師だね」

「……お前、ＰＴＡとかに言うなよ」

「ちゃんとイロを付けて言っておくよ」

「借りた金みたいに言うな」

「で、せんせーの彼女はどれくらいエロいの」

「どれくらいって……」

「私よりエロいんだよね？」

生徒たちは興味津々《きょうみしんしん》に俺の方を見ていた。完全に逃《に》げ場がないという感じだ。俺は自らの傷を「えいっ」と木の棒で抉《えぐ》るような気持ちで口を開いた。

「……そうだな。白目むいてピースしたりするぞ」

「せんせー……」胡桃沢は呆《あき》れた。「エロ本の知識で語ってない？　現実の女の子はアヘ顔したりしないよ」

「えっ、そうなの!?　マジ!?　……って、もちろん、知りながらにして言っていたがな。

俺の小粋《こいき》なジョークが炸裂《さくれつ》してしまったな！　……へー、むかないんだ白目」

「それで実際、どういう彼女なの？」

「『おほぉ、しゅごいぃ、気持ちいいのぉ』って……、あれ？」

「……」

胡桃沢は席を立った。そして俺の方を指差した。

「……本当は、彼女出来たことないんじゃないの？」

……。

図星過ぎて何も言えなかった。

清々《すがすが》しいほどに図星だった。

胡桃沢は勝ち誇《ほこ》ったように「ぶいっ」とサインをした。

すると、ホームルームの終了《しゅうりょう》を告げるチャイムが、キンコンカンコンと、まるで胡桃沢が正解したことを告げるピンポンの音色のように鳴った。

ホームルームが終われば、俺は彼らを始業式へと連れて行かなければならない。でも、俺が今「じゃあ体育館に移動するぞー」と言っても、なんだか彼女いない疑惑《ぎわく》をごまかそうとしているように見えるし……。

ハメ技《わざ》を食《く》らったような気持ちになった。

その時、教室の後ろの方から、おしとやかな声が聞こえてきた。

「……先生。始業式だから、体育館に移動しましょう？」

声の主を見て——俺は驚《おどろ》いた。

「理想の女子高生」を体現したような美少女だったのだ。

胡桃沢とは真逆の、清楚《せいそ》系に全ツッパの少女だった。スカートの丈《たけ》は、校則を守っていながらも野暮《やぼ》ったくなかったし、色は白くて、黒蜜《くろみつ》のショートヘアからは綺麗《きれい》な形の耳が覗《のぞ》いている。なんだか無菌《むきん》室で育てられたみたいに綺麗な女の子だった。

先ほどのエロトークが気づまりだったのか、少女の頬《ほお》はピンク色に染まっていた。

「そ、そうだな。みんな、体育館に移動しよう」

俺は、彼女の声に助けられるようにして雑談を打ち切り、生徒たちを先導して廊下《ろうか》に移動した。

生徒たちの雑談の声を聞くと、意外にも「伊藤先生、彼女いるって嘘ついてたよね。見《み》栄《え》張っちゃったのかな。キモッ」みたいな声はなく、ごく普通《ふつう》に俺を慕《した》ってくれていた。というより、俺が若くてフレンドリーな教師で良かったという、好意的な声が多かった。

……助かったのだろうか？

というより、助けられたのだろうか？

ひょっとするとさっきの子は、俺が胡桃沢の質問に困っているのを見て、手を差し伸《の》べてくれたのかもしれない。誰《だれ》にも気づかれないようなさりげない形で。

俺は学級日誌で名前を確認《かくにん》した。彼女の名前は恭野文香《きょうのふみか》というらしい。俺はこっそり、

恭野という名の女の子に感謝した。

……ていうか。

いくら胡桃沢に扇動《せんどう》されたとは言え、女子高生相手にムキになって、初日からシモの話をしてしまった俺は最悪だったな。自重しよう……。

俺は生徒たちを連れて体育館へと歩き出した。うっかり道を間違《まちが》えて女子生徒に正されたりしていると、耳元で男子生徒の声が聞こえた。

「……伊藤先生。あの女の、パンツが見たいでござろう？」

パンツ？

……ていうか、ござる？　随分《ずいぶん》と古風な口調だった。

「……あの生意気な女の、パンツが見たいでござろう？」

あの生意気な女。

ああ、もしかしなくても胡桃沢のことか。

胡桃沢のパンツか――気にならなくもないな。きっと、手刀で紐《ひも》が切れてしまいそうなくらいに、ミニでエロエロなビッチパンツで……って。

思わずノリノリのモノローグを流してしまったが――誰だ？　こんな不埒《ふらち》なメッセージを送ってくる奴《やつ》は。

俺は周囲を見回した。しかし、始業式を前にして廊下は混雑しており、実行犯の特定は困難だった。男子生徒も女子生徒も、九組の生徒もそれ以外の生徒も交ざってごった返している。俺にこっそり語りかけられる容疑者はたくさんいる。

「……拙者《せっしゃ》たちが、見せてやるでござるよ」

そう言い残して、声は消えた。

なんだか不吉《ふきつ》な宣言が聞こえた気がする。頼《たの》むから面倒《めんどう》事だけは起こさないで欲しいが。

＊

事件はすぐに起こった。

始業式と着任式が終わって、職員室で休んでいる時、机の引き出しを開けたら、おびただしい量の写真が飛び出てきた。

「う、うわあああああああ」

どれも果てしないローアングル写真だった。一目見てわかる――盗撮《とうさつ》写真だ。きっと、世の中の悪意を知らない生まれたばかりの子供だって盗撮写真だとわかるだろう。そう思ってしまうほどに露骨《ろこつ》な盗撮写真だ。

それも、色の白い生徒の写真ばかりである。どう見ても胡桃沢の写真だった。下から撮《と》られているため、スカートはきのこの傘《かさ》のように見える。その中にあるパンツは、紐パンだとかラメ入りの下着なんかのビッチパンツばかりだった。女子高生のくせにこんなものを穿《は》いているのはけしからんな……。

ていうかこの写真、エロいな。家に一枚くらい持ち帰るという手も……いやいや。

そう思っていると、武蔵野先生がやってきて、俺の手元を見て叫《さけ》んだ。

「うおおっ、伊藤先生、何を見てるんですか⁉」

「武蔵野先生！」俺は慌《あわ》てた。「ち、違《ちが》うんです。これは引き出しの中に入っていたんです。中身を確認しているだけです！」

「はぁ」

「も、ももも、持ち帰ろうだなんて思ってないです！」

「疑ってませんから、大丈夫《だいじょうぶ》ですよ」

「あと、パンツも見てないです！」

「いや、見てるでしょう今」パニクっている俺に、武蔵野先生は的確に突《つ》っ込んだ。「これ、きっと胡桃沢でしょう。ユニークな下着ばかりですからね」

パンツを見たら持ち主がわかるって、百人一首で下の句を見たら上の句がわかるみたいだな……って、そんなことはどうでもよくて。

「武蔵野先生。これは一体、誰の仕業《しわざ》なんでしょうか」

「こんなことをする生徒は三人しかいませんね」

「三人」多くないか？

「三人というか、グループと言いますか……」

俺はふと、体育館への移動中に奇妙《きみよう》な声が聞こえたことを思い出した。湿《しめ》り気を持った粘《ねば》っこい声。胡桃沢のパンツを見せるとかどうとか。

ていうか、担任の机に盗撮写真を直接投函《とうかん》するって大胆《だいたん》過ぎるだろ。


三限目のホームルームまでまだ時間はあった。俺は九組に向かった。

入り口のところに女子生徒が四人いて、週明けの火曜日から始まる宿題テストの話をしていた。中心に立って勉強を教えているのが、質問コーナーで俺を助けてくれた恭野文香だった。俺は切り出した。

「誰か一人、頼まれてくれないか？」

「……先生。どうされましたか？」

恭野が答える。彼女は不意に俺に話しかけられて、すこし驚いていた。

「九組に、蕎麦農麻男《そばのうまお》という生徒がいると思うんだが、呼んできてくれないか？」俺は、武蔵野先生から聞いた生徒の名前を告げた。

なんとなく、一番近くにいた恭野に頼んでしまった。

けれども恭野と一緒《いっしょ》に話していた、アホ毛が飛びすぎて犬耳のようになっている、お前、家で髪《かみ》を梳《と》かしてこいよ、と突っ込みたくなるような生徒が俺に言った。

「あ、せんせー！　また文香ちゃんにばっかり雑用を頼んでる！」

「また？」頼むどころか、初めて話すぞ。

「違うんだよ。先生方はみんな、文香ちゃんを見ると、いっつも、あれしろこれしろって言うの！」なるほど。どうやら「せんせー」は一般《いっぱん》名詞だったらしい。「特に、武蔵野先生なんか人遣《ひとづか》いが荒《あら》いんだよ。みんな、文香ちゃんをもっといたわるべきだよ！」

アホ毛の生徒はぷんすかしているが、俺は恭野に用事を頼みたがる先生たちの気持ちもわかった。俺だって、四人女子生徒がいる中で無意識的に恭野を選んでしまった。頼みやすい空気のある女の子なのかもしれない。

「せんせー方は、文香ちゃんを一回雑用させるたびに十回肩《かた》を揉《も》むべきです。そーいう法律を作るべきです」

「いいんだよ、宮桃《みやもも》ちゃん」恭野は女の子をなだめた。

「やっぱり私、そーり大臣になるべきなのかな？」アホ毛の女の子は、意味がわからないことを言っている。「だから私が、文香ちゃんの代わりに蕎麦くん呼んでくるね！」

アホ毛の生徒は、教室の中へと入っていった。

俺はアホ毛の生徒の名前を思い出す。確か宮桃ももという生徒だ。質問コーナーの時に、「バナナはおやつに入りますか」と聞いてきたのでよく覚えている（「この子はアホなのかな？」と思った）。

宮桃が戻《もど》ってくるのを待っていると、恭野が俺に聞いた。

「蕎麦くん、また何かやったんですか？」

「またってことは、蕎麦って奴は、前にも何かやらかしたのか？」

「去年の林間学校の時も盗撮騒《さわ》ぎを起こして、先生方にとっちめられたんです。それから半年くらいは大人しかったんですけどね」

なるほど、初犯じゃないのか。だから武蔵野先生も見当がついたんだな。

ふと見ると、恭野以外の残った二人は雑談を始めていた。丁度いい機会なので、俺はホームルームの時の礼を言うことにした。

「恭野。さっきは助けてくれてありがとな」

すると、恭野は目をぱちくりさせた。

「……ほら、俺が胡桃沢に彼女のことを聞かれて困ってた時に、それとなく話を終わらせてくれたじゃないか」

「そんなことですか」恭野はなんでもないというふうにはにかんだ。

「でも、本当に助かったから」

「伊藤先生……、あんまり嘘《うそ》ついちゃダメですよ？」

思わぬことを言われて、つい真顔になった。

「恭野、気づいてたのか？」

それから段々と恥《は》ずかしくなってきた。どうやら彼女は、俺の「えっちな彼女がいる」という発言が嘘であることがわかっていたらしい。だとすると、そんな意味のわからない嘘をわざわざつく俺は、めちゃくちゃ恥ずかしい奴なのではないか……？　うわあ、顔が熱くなってきた。

「私、ちょっぴり直感が鋭《するど》いんですよ」恭野はショートヘアの前髪《まえがみ》をくるくると丸めて、触角《しょっかく》のようなものを作って、おどけてみせた。「でも先生。今度は『嘘ついたら針千本飲ーます』ですよ？」

その時、宮桃が戻ってきた。

宮桃の後ろには蕎麦農麻男だけでなく、九組の男子グループが全員――三人いた。呼び出されたというのに、三人とも悪びれもせずに、得意げな表情を浮《う》かべていた。「俺たちの納品物はどうだった？」とでも言うかのように。

「コッポ〜〜〜〜ウ、拙者は盗撮魔《ピーピングトム》の蕎麦農麻男。趣味《しゅみ》は女子高生の盗撮でござる！　最近は赤外線カメラを改造するための資金繰《しきんぐ》りとして、ネットに写真をアップロードしまくっているでござるよ。もちろん顔にモザイクはかけたりしないでござる。モロ出しでござる！　先生は拙者たちの贈《おく》り物、喜んでくれたでござるか？　手前味噌《てまえみそ》ながら、中々良いコレクションだったと思うでござるよ。盗撮ビギナーにもわかりやすいように、露出《ろしゅつ》度《ど》を優先して、去年の夏頃《ごろ》に盗撮した画像を中心にセレクトさせてもらったでござる。今回の納品物の中での拙者のおすすめは、胡桃沢殿《どの》の汗《あせ》が内ももに這《は》っていることがわかる三枚の写真でござって……」

「ちょっと待て」

一つのセリフの中に、突っ込みたいポイントが九個くらいあった。

蕎麦くんは頭にバンダナを巻き、二本の三脚《さんきゃく》をビームセーバーのようにリュックサックに差していた。銀縁《ぎんぶち》の眼鏡は脂汗《あぶらあせ》で曇《くも》っている。

おまけにこの喋《しゃべ》り方。なんだこいつ。お前は九十年代からタイムスリップしてきたオールドタイプのオタクなのか？

蕎麦くんは、盗撮は犯罪——という当然のツッコミを許さぬほどの勢いでしゃべりまくった後、喉《のど》を潤《うるお》すために、水筒《すいとう》の中に入った味噌汁《みそしる》をゴクゴクと飲み干した。

次に、隣《となり》にいる生徒が俺に言った。

「よろしく。僕は機械性愛《メカネロティスム》の不悪句博士《ふあっくひろし》。気軽にファックハカセと呼んでくれ」

気軽に呼べないあだ名を名乗りながら、その生徒は握手《あくしゅ》を求めてきた。態度のデカい生徒だな……と思いながら、俺はその手を握《にぎ》った。

ハカセは小柄《こがら》で、カッターシャツの上に白衣を着ていた。あだ名も相まって、本当に博士のように見える。

「お近づきの印に、僕からはこれをプレゼントしよう」

そう言うと、ハカセは俺に双眼鏡《そうがんきょう》のようなものを手渡《てわた》した。

なんとなく嫌《いや》な予感がするが、俺はそれを目に当ててみた。しかし、視界には何の変化もなかった。

「先生、違うんだ。それで女の子を見るんだよ」

ハカセに言われて、俺は教室の入り口で宿題テストの話をしている恭野と宮桃を見た。

……ん？　なんだこれ。

二人の下腹部に、ピンク色のイラストが浮かび上がった。

なんとなくいやらしいこの形——どこかで見たことがあるな。確か、一昨日《おととい》くらいにやっていたエロゲーで……。

……あれ、これ子宮じゃね？

恭野と宮桃の下腹部に、子宮のイラストがコラージュされている……ッ！

「お前、なんてモノを人体にコラージュしてるんだ！」

「喜んでくれたようだね！　これは断面図を見ることが出来る双眼鏡。被写体《ひしゃたい》となった女の子の子宮の形をX線で感知し、イラストとして表示して……」

「早く病院に行った方がいいぞ!!」

俺は投げつけるように双眼鏡を返した。ハカセは慌てて双眼鏡をキャッチする。ハカセはすこし悲しそうだったが、あくまで朗々と語った。

「先生は子宮の良さがわからないかな？　残念だね。子宮は究極のパンチラだと思うのに。子宮を見ると、『こんなに可愛《かわい》い女の子でも生き物なんだ。産もうと思えば僕の子供を産むことが出来るんだ。この子は澄《す》ました顔をして、こんなにもいやらしい臓器をつけて生きているんだ』と思えてきて、たまらなく興奮してくるじゃないか……」

「お前、人生楽しそうだな……」

「ハカセの発明は、ちょっと上級者向けだったでござるかな」

「うーん、残念だな」

「でもそんなハカセが好きでござるよ」蕎麦くんは気持ちの悪いことを言う。

さすがは特殊性癖《とくしゅせいへき》を持った生徒たちだ。今朝まで感じていた、「とんでもないクラスの担任になった」という気持ちが、すごい勢いで再燃して来てしまった。

三人目の男子生徒である土之下梅流《つちのしたうめる》くんは、怪《あや》しい笑《え》みを漏《も》らしながら廊下《ろうか》に這いつくばり、高速で消しゴムのカスを廊下の溝《みぞ》に入れ込んでいた。

「ンフフ……、溝……、溝……、溝……」

異常な興奮状態だ。彼は溝を埋《う》めることで興奮する性癖《せいへき》らしい。土之下は少女のように頬《ほお》を染めながら、艶《つや》やかな吐息《といき》を漏らしている。

「彼は埋葬性愛《タフェフィリア》の土之下梅流くん。埋めることと掘《ほ》ることしか能がない男でござるよ。たまに見境なく埋め始めるのが玉に瑕《きず》でござる。でも友達同士の溝も埋めてくれるので、拙《せっ》者《しゃ》たちにとっては大切な存在でござるよ」

こいつ、洒落《しゃれ》を言っているのか？　それともマジで言っているのか？

土之下はようやく我に返ると、立ち上がって俺に握手を求めてきた。指先がぬらぬらしているし消しカスで汚《よご》れているので、ぶっちゃけ手を握るのは嫌だったが、拒否《きょひ》するのも変なので握り返した。温かい。

俺の前に、特殊性癖教室の男子生徒三人が揃《そろ》ってしまった。「生徒に寄り添《そ》いなさい」という武蔵野先生の指示を、初日からして破りたくなるような連中だ。エリートはエリートでも犯罪のエリートっていう感じがする。三人がスラム生まれのマフィア候補生だとしても驚《おどろ》かないレベルの犯罪臭《しゅう》が漂《ただよ》っている。家に帰りたい。

「これが、特殊性癖教室の非リア四天王でござるよ」

「四天王？」

どう見ても三人しかいない。ていうか非リアって自分で名乗るのか。

「四人目は誰《だれ》なんだ」

「何を言っているでござるか？　四人目は先生でござるよ」

「……はあ」いつ含《ふく》まれてしまった？

「先生も、下着が好きでござろう？」

「……まぁ、一般人程度には」

「女子高生の、下着が好きでござろう――？」

蕎麦くんが一歩一歩、ずいずいと俺の方に近づいてくる。汗の粒《つぶ》が飛んでくるんじゃないかと思う距離《きより》だ。周囲の温度が二度ほど上昇《じょうしょう》した。

「いや、俺が『好きだ』って言ったら、色々と問題があるだろ」

「でも過去に、教師の立場にして『好きだ』と言った猛者《もさ》がいるでござるよ」

「誰だそれは。とんでもない奴《やつ》だな」

「前担任の前田《まえだ》先生でござる」

俺はすっ転びそうになった。

「前田先生は、拙者たちと仲が良かったでござる。彼は教師の権力を用いて、ありとあらゆる盗撮シチュエーションを用意してくれたでござるよ。拙者たちは、そうして撮《と》れたものを先生に納品する……、理想のサイクルが出来上がっていたでござるよ」

「理想っていうか闇《やみ》のサイクルって感じだな」

「でも前田先生はいなくなってしまったでござる。ある日忽然《こつぜん》と、失踪《しっそう》してしまったでござる」

「失踪？」解雇《かいこ》じゃなくて？

「折角《せっかく》出来た非リア四天王が、非リア三人衆になってしまったでござる……」

蕎麦くんはしょぼんとした。やっていることの是非《ぜひ》はともかく、慕《した》っていた教師が急に消えたのは寂《さみ》しいだろうなと、ごく普通《ふつう》の気持ちで俺は思った。

「けれども今は嬉《うれ》しいでござる。こうして、代わりのメンバーに出会うことが出来たのだから！」

「……え？」

「先生。拙者はひと目見た時から、先生が変態であることには気づいていたでござるよ！就任早々スラックスのチャックを開けて、女子生徒たちに自分のパンツを見せつけている所から確信したでござる。『こいつ……、とんでもない使い手だ』、そう思ったでござる。さあ、拙者たちと一緒《いっしょ》に、甘美なるアンダーグラウンドの道を邁進《まいしん》するでござる！」

　蕎麦くんは俺の手を握った。

「ちょっ……」

「ドゥフフフ、遠慮《えんりょ》することはないでござるよ。ウェルカム・トゥ・アンダーグラウンドでござる！　わかるでござるよ？　本当はパンツが大好きなのに、立場的に『イエス』と言いにくいのでござろう？」

「顔、近っ……」

「しかし、恥《はじ》を捨てるでござる。そうすれば、快楽の世界が開かれるでござる！　『普段《ふだん》、俺の授業中に寝《ね》ている生徒のパンツの色を俺は知っている。どんなパンツを穿《は》いているのか。どんなパンツがスカートの下でこすれているのか。それを知っているだけで、平凡《へいぼん》な授業は俺にとってのスイーツパラダイスになるんだ』と、前田先生は折に触《ふ》れては拙者たちに語ってくれたでござるよ！」

　前田先生は何を言っているんだ。

「では、これを差し上げるでござる」

　蕎麦くんはリュックサックから怪しげなＤＶＤを取り出した。ＤＶＤには、ワードアートのダサいフォントで「せいじゅん♡コレクション　vol.63」と書かれている。

「それは拙者たちの盗撮映像でござる。vol.63は三月号でござるから、タイツ越《ご》しのえっちな下着が拝めるはずでござるよ。前田先生の全面協力があったので、中々いいショットが集められているでござる。きっとこの映像を見れば、先生もめくるめく盗撮の世界に魅《み》了《りょう》されるはずでござるよ！」

　蕎麦くんは俺にＤＶＤを押し付けると、ドゥフフフフゲラゲラコポコポフォカヌポウ！と笑いながら教室に戻《もど》っていった。

……。

　変な奴らに仲間意識を持たれてしまった気がする……。頭が痛くなってきた。

＊

その日は金曜日だったので、夜に教師グループの歓迎《かんげい》飲み会が開かれた。

集合場所は清純《せいじゅん》駅前だった。十八時に業務が終わり、バスで駅前に向かった。

清純駅の西口はさびれている。駅前には数軒《けん》のファミレスと居酒屋があるばかりで、五十メートルと歩けば何もない国道に出る。

俺たちはチェーン店の居酒屋に入り、幹事が予約したコース料理を食べた。

俺の右隣《みぎどなり》には、飯を食いながらも握力《あくりょく》グリップを握っている武蔵野先生が、左隣には、紙エプロン持参で衣服を守っている青木先生がいた。

青木先生は酒に弱いらしく、チューハイ二杯《はい》でさっさと出来上がってしまって、無防備な胸元《むなもと》をちら見せさせていた。

「伊藤先生っ、初日はどうですかぁ？　職員室では、泣いて帰ってくるんじゃないか、なんて言われてたんですよう？」

青木先生はケラケラと笑いながら、クリームチーズをつまんでいた。

「なんとか乗り切ったという所ですね」

俺は枝豆をつまんでいた。隣の筋肉教師が高速で肉をかっさらっていくので、枝豆以外に食べるものがなかったのである。

それにしても、酒に酔《よ》った青木先生はえっちだった。毎年クラス発表の時には、青木先生のクラスになった男子がガッツポーズをするという話を聞いたが、その気持ちもわかる。年齢《ねんれい》的に頑張《がんば》りすぎなワンピースも、アルコールで曇《くも》った目には最高にセクシーだ。

出身地だとか年齢の話を経由した後に、青木先生は聞いた。

「伊藤先生は、どうして教師になったんですかぁ？」

「本当は、なるつもりは無かったんですよ」俺は飲み会らしく、正直に答えた。「最初はテレビ局に入りたかったんですけど……でも結局、どこにも引っかからなくて、流れで教師になった感じですね」

「テレビが好きなんですかぁ？」先生は、ゆるりとした質問をする。

「うーん、好きというか」俺は頭をかいた。「反動というんですかね。大学が海洋大学で、ほとんど男子校みたいな所だったので、キラキラした業界に憧《あこが》れたというか――」

「やはり、そうでしたかっ！」

横から割り込んできたのは、武蔵野先生だった。

「私も体育大の男子寮《りょう》に入っていましたからね！　男子校出身者の匂《にお》いがわかるんですよ。噎《む》せ返るようなオスの臭《にお》いがね！」酔った武蔵野先生の声は、不必要にデカい。「いやー、伊藤先生も私の仲間でしたか！」

「うっ……」

武蔵野先生は嬉しげだが、正直なところ、大学が男子校（みたいな場所）だということは、俺にとってはコンプレックス以外の何物でもなかった。

しかしそんなことは意に介《かい》さず、武蔵野先生は俺の股間《こかん》をギュッと握《にぎ》ると、同胞《どうほう》に向ける笑みをニッコリと浮《う》かべた。

「しかもこれは、童貞《どうてい》の感触《かんしょく》ですね！」

「うう……」図星すぎて泣きたくなってきた。「やめて下さい。そういう、とりあえず股間を触《さわ》っとけっていう男子校のノリは……。セクハラで訴《うった》えますよ」

「訴える？　いいんですかぁ……、先輩《せんぱい》にそんな口を利《き》いて」

そう言うと、武蔵野先生は日本酒がなみなみと入った、もっきりを俺に手渡《てわた》した。

「お口を清めた方がいいんじゃないですか⁉」

二百ミリリットルはあるであろうという日本酒を前に俺が戸惑《とまど》っていると、武蔵野先生は手拍子《てびょうし》を始めた。

「伊藤先生の！　ちょっといいトコ見てみたい！」

コールが始まった！

青木先生は愉快《ゆかい》そうな目で、ゆるやかに手拍子を合わせていた。

「はい、飲ーんで飲んで飲んで♪　飲ーんで飲んで飲んで♪」

「教師ってこういうノリ、有りなんですか⁉」

「いいじゃないですか、楽しいですよ！」

「今日は控《ひか》えさせていただきたいんですけど……」

「伊藤先生は忘れたんですか⁉　あの男子寮での日々を。女のいない空間で無意味にキツい酒を飲みまくり、朝目覚めたら全裸《ぜんら》でゲロまみれになっていて、記憶《きおく》はないけど酔った時にやった変態的な一発芸の動画が全員にシェアされている。あの楽しい日々を忘れたんですか⁉」

「忘れてないから飲みたくないんですよ！」

ていうか、武蔵野先生はどうして俺の男子寮での飲み方を知っているんだ。やっぱり男子寮ってどこも変わらないのか？

「その時と比べたら、ここには青木先生がいるんですよ。ほら、女性の前で飲めるんです。それって、ほとんど合コンじゃないですか？」

「童貞の俺でも、その議論は雑だってわかりますよ！」

青木先生はくすくす笑っている。お酒のせいか、その表情はなんとなくエロく見える。隙《すき》だらけな胸元では、大きすぎるおっぱいがたわわに実っている。

青木先生と飲めるなら楽しいかも……、いやいや。

落ち着け俺。これは俺を飲ませたい武蔵野先生の策略だ！

「僕は飲みませんからね。絶対に飲みませんから！」

「童貞の伊藤先生は知らないかもしれませんが……、一般《いっぱん》的に女性は、お酒の強い男を好むと言いますよ？」

「えっ、マジですか？」

つい真顔になって青木先生を見た。すると先生は、少し考えてから口を開いた。

「……えーっとぉ……、はい」

――飲む理由が出来てしまった。

「お口を清めさせていただきます!!」

俺は立ち上がると、日本酒の注がれたもっきりを一気に飲み干した。

「ほほう……」武蔵野先生は舌なめずりをした。「今年の新人は、中々見所がありますねえ……」

「教師のぬるい飲み会は終わりです」俺はスーツの上着を脱《ぬ》いだ。「男子寮仕込みの、本当の飲み会を教えてあげますよ。ね？　青木先生」

「あ、はい……」青木先生は露骨《ろこつ》に困っている。

武蔵野先生が小声で「まぁ、飲みすぎる男は嫌《きら》われると思いますが……」と言った気がしたが、たぶん気のせいだったと思う。

　三十分後、俺たちは相当に出来上がってしまった。

「そうなんですか！　伊藤先生の寮でも、大晦日《おおみそか》には肛門《こうもん》にガスを入れて、おなら我慢腕《がまんうで》相撲《ずもう》を行っていたんですかーっ！」武蔵野先生が、過去を思い出すように笑った。「私の寮でもそうでしたよ！　ちなみに私は百戦無敗でした。いやー、伊藤先生の話を聞くと、男子寮っていうのはいつの時代でも変わらないし、『笑○てはいけない』は長寿《ちょうじゅ》番組なんだなーって思いますね！」

「はい！」俺は楽しくてニコニコと笑った。「武蔵野先生の話を聞くと、まるで同じ寮に入ってたみたいですねっ！　僕も新年会の芸でワカメ酒をやりましたもん！」

「ああ、アレですかーっ！　楽しいですよね！」

「はい、アレです！」話がわかるなぁ、武蔵野先生は。「友達、僕のワカメ酒を美味《おい》しい美味しいって言って飲んでました。僕がワカメ酒をやると、本当に美味しいらしくて、みんな涎《よだれ》を垂らして飲みまくっていましたよー。いやー、今思い返すと、男子寮の生活も悪くなかったですねぇー」

「二人とも、すごい経験をしてきたんですねぇ……」青木先生が、若干《じゃっかん》ヒき気味で言う。

「いやいや、よくあることですよ！」武蔵野先生が答える。

「それよりも、青木先生のおっぱい、神業的《かみわざ》に大きいですね！」俺は論理性ゼロの発言をする。「可哀想《かわいそう》な童貞の僕に、一回だけ揉《も》ませてもらってもいいですか‼」

「それはちょっと……」

「乳首《ちくび》だけにしますから！」

「きょ、教師なんですから。もう少しモラルに気を使って下さい‼」青木先生は半分マジで怒《おこ》った。

「あちゃー、怒られちゃいました！」俺は自分で自分の頭を叩《たた》いた。「では、そろそろ武蔵野先生。エッサッサでもやりましょうか」

「おお、日体大のエッサッサでもやりますね！　懐《なつ》かしいですねー」

エッサッサとは、全国の男子寮に伝わる謎《なぞ》の動きである。アルコールによって脳みそがブレイクされた男子寮の学生たちは、みな狂《くる》ったようにこの動きをするという。

「『エッサッサの隊形に〜〜〜〜〜〜っ、開け〜〜〜〜〜〜〜〜っ』」武蔵野先生は号令をかけた。

「ハッ！」

そう言って俺は服を脱ぎ、パンツ一丁になった。

しかしその瞬間《しゅんかん》——武蔵野先生の表情が曇った。

ん？　どうしてだろう……。さっきまでは、あんなにもノリノリだったのに。

「脱ぐのは——少し止《や》めましょうか」武蔵野先生は苦笑《くしょう》する。「一応私たちは、社会的な立場を手にしているわけですからね」

「何を言ってるんですか、先生」そんな些細《ささい》なことか。「広辞苑《こうじえん》の『飲み会』の所を開いてみて下さいよ。『脱がなきゃ飲み会じゃない』って、書いてありますよ」

「その辞書は、間違《まちが》っているので捨てた方がいいですよ。ともかく、服だけは着ていただけると……」

その時、店の奥から店員さんがやってきた。どうやら、俺がパン一になったのを察したらしい。

「お客様、他《ほか》のお客様の迷惑《めいわく》になりますので、服を脱ぐのは——」

おおっ、ショートヘアに貧乳黒シャツという、飲み屋によくいるタイプの美人だ！

「いいケツしてますね！」俺は爽《さわ》やかに言い放った。

「いいケツ？」

「店員さんも一緒《いっしょ》に、エッサッサをやりましょうか！」

「エッサッサ……？」店員さんは怪訝《けげん》な表情を浮かべる。

「知らないんですか!? すぐ覚えられますよ! ほら、こうやって前かがみの体勢になって。エ〜〜〜サ、エ〜〜〜サ、エ〜〜〜〜〜サ〜〜〜〜〜サ」俺はゆっくりと拳《こぶし》を前に突《つ》き出す、エッサッサの動きを始めた。

「ひい……」奇怪《きかい》な動きに、店員さんは怯《おび》える。

「エ〜〜〜サ、エ〜〜〜〜サ、エ〜〜〜〜サ〜〜〜〜サ〜〜〜〜〜〜〜――」

じっくりと接近していく――その時だった。

俺と美人店員さんの間に入るように、店の奥からスキンヘッドの店長さんがやってきた。

――その風貌《ふうぼう》の恐《おそ》ろしさに、全身の血の気がサーッと引いた。

居酒屋の裏でマリファナの取引でもしてそうな店長は、冷淡《れいたん》なだけに逆に恐怖《きょうふ》が喚起《かんき》されるような、落ち着き払《はら》った声で俺に言った。

「お客様。バックヤードの方まで来ていただいてもよろしいでしょうか」

「あ、はい……」

店長さんは、まるで嵐《あらし》の前の静けさのように、穏《おだ》やかな笑《え》みをニッコリと浮かべた。

その予想は正しかった。俺は千鳥足で連れて行かれた控《ひか》え室で、烈火《れっか》の如《ごと》く怒られることになってしまった。

　俺は、飲みすぎて朦朧《もうろう》とした意識のまま飲み屋を這《は》い出た。俺のすぐそばで、青木先生と武蔵野先生が話をしていた。

「伊藤先生……、大丈夫《だいじょうぶ》ですかねぇ……」青木先生が言う。

「平気ですよ。タクシーに乗せる所までは、私がやります」

「そっちじゃなくて……、ちゃんと先生としてやっていけるんですかね？　伊藤先生って、言ってしまえばよくいるクズ――ゲホゲホッ、言い間違《まちが》えました。良くも悪くも、裏表のない人と言うか……」

「裏表のない人、だからじゃないですかね」武蔵野先生は真面目《まじめ》なトーンで答えた。「特殊性癖教室の生徒は、本音を隠《かく》している生徒が多いですから……。そういう生徒が本当の姿を見せるためには、きっと、自分が隠していることが馬鹿《ばか》らしくなるくらい、全《すべ》てを晒《さら》け出している先生の方がいいんですよ」

「なるほど……。伊藤先生が特殊性癖教室の担任になった理由が、今更《いまさら》ながらわかった気がします」

　その辺りで、俺の意識は落ちた。

＊

土曜の朝は、ものすごい頭痛と共に始まった。

またやってしまった。もうこんな飲み方はしないと誓《ちか》ったのに。正直あまり記憶がないのだが、職場で妙《みょう》なイメージを抱《いだ》かれてませんように……。

月曜日は入学式があった。清純学苑は私立だけあって大きな講堂があり、新入生と保護者と在校生が一体になった盛大な入学式が行われた。

二限目には新入生歓迎会《かんげいかい》があり、在校生の出し物を鑑賞《かんしょう》した。

二限目と三限目の間の休み時間に、俺と恭野と宮桃は、教科書置き場と化した生物実験室から教科書を運んだ。

「重いよー、伊藤せんせー、文香ちゃーん」

小柄《こがら》な宮桃は、ブーブー文句を言いながらも手伝ってくれた。

三限目が始まる前に教室に到着《とうちゃく》した。教室に着くとハカセが、外気を受けてゆらゆらと揺《ゆ》れるカーテンをじっと見つめていた。

「どうしたんだ、お前」

「先生。スカートっていいよね」

「まぁ、いいかもな」生徒に寄り添《そ》わねば。

「スカートの良さは、揺れる所にあると思うんだよね。女の子は、こんなにも無防備な布の下に、下着一枚をデリケートな部分に貼《は》り付けて生きているんだと思うと、とんでもない異常性欲者《せいよく》の変態だらけなんじゃないかと思えてくるくらいだよ」

「気のせいだと思うぞ」駄目《だめ》だ。寄り添えない。

「だから僕は今、カーテンの揺れを見ることで、スカートの揺れの研究をしてるんだよ」

ハカセは陶然《とうぜん》とカーテンを見つめている。中々にヤバい発想だ。カーテンの揺れを参考にスカートの揺れを研究する……。ひょっとすると、こういう発想からイノベーションは生まれるのかもしれな――いや、無いな。

「あっ、どーてーせんせー♡」

ふと、甲高《かんだか》い声が聞こえた。声の主は胡桃沢朝日だった。今日の彼女は学校指定のセーターを腰《こし》に巻いて、胸元《むなもと》から谷間がチラ見えしていた。相変わらず、誰《だれ》でも土下座すればヤれるんじゃないかと思うような露出度《ろしゅつど》だ。ハカセも変なことを言っている暇《ひま》があれば、胡桃沢に土下座をすればいいのに。百回くらい土下座をすれば、一度くらいは奇跡《きせき》が起きるかもしれないのに。

「どーてー♡　どーてー♡　どーてー♡」

そう言って胡桃沢はキャッキャと笑う。男子中学生みたいな絡《から》み方しやがって。

……ん？

よく見ると、胡桃沢の背中に隠れて、もう一人女の子がいた。

あんまりにも無口だったし、気配が無かったので気づかなかった。三つ編み頭で眼鏡をかけた女の子だ。彼女は胸元を両手で守りながら、怯えたように突っ立っていた。胡桃沢とは対照的に、スカートの丈《たけ》は長くて野暮《やぼ》ったい。えーっと……、彼女の名前は――

「伏黒祈梨《ふしぐろいのり》？」

俺は疑問文で聞いた。すると、オールドスタイルの三つ編み少女は答えた。

「……は、……はい」

彼女は恥《は》ずかしそうにうつむいた。後はうんともすんとも言わなかった。

変わった風貌の生徒なので、なんとなく覚えていた。胡桃沢は、俺が少女の名前を知っていたことに驚《おどろ》いたようだ。

「へー、せんせーって祈梨の名前、ちゃんと覚えてたんだ」

「まぁな」

「祈梨って名前忘れられがちなんだよねー、こう言っちゃなんだけど影《かげ》が薄《うす》いからさ。ひょっとしてせんせーって、祈梨みたいな子がタイプなの？」

「そ、そんなことはないっ」

俺は驚いて否定した。でも、あんまりにも強く否定したので伏黒は気を落としたらしい。しゅんとして胡桃沢の後ろに隠れてしまった。

「あ、せんせーひどーい」

胡桃沢は怒ったフリをしてみせた。あまり本気で怒っているわけじゃないらしい。

二人を見て俺は——悪い想像をしてしまった。

それは、ひょっとすると胡桃沢が、伏黒をいじめているんじゃないかという想像だった。なんたって、胡桃沢のような派手な女の子と、伏黒のような地味な女の子が一緒にいるのは違和感《いわかん》がある。誰だって二人を見れば、似たようなことを考えてしまうだろう。


ホームルームが始まる。

今日の議題は「学級委員を誰にするか」だった。俺はシンプルに質問した。

「じゃあ、学級委員やりたい人ーっ」

学級委員なんて面倒《めんどう》なこと、誰もやりたがらないだろうと思ったら、意外にもちらほらと手が挙がった。

手を挙げた生徒の中には恭野も交じっていた。そういえば武蔵野先生が、恭野は中二の頃《ころ》から学級委員をやっていると言っていたな。

えーっと、ここからどうやって決めるかな。

「投票でも行うか？」

すると、立候補をした女の子の一人が言った。

「それだと、恭野ちゃんが絶対に一位になっちゃうよー」

確かに。三年間学級委員をやっていた実績もあるしな。

「じゃあ、じゃんけんか？」そう言うと、じゃんけんで決めてしまうのはちょっと——という反応が教室から返ってきた。

うーん、どうすれば一番丸く収まるのだろう。

なんて考えていると、ふとハカセの様子が目に入った。

ハカセは数式を書いた紙を十枚ほど辺りに散らかしていた。どうやら本当に、カーテンの揺れからスカートの揺れを計算しているらしい。それから、ついに式を立てる段階は終わったらしく、鞄《かばん》から古いパソコンを取り出した。

ハカセはパソコンを無遠慮《むえんりよ》に机の上にドンと置くと、カタカタと打鍵《だけん》し始めた。何をしてるんだろう。まさか、本当にスカートの揺れを再現するプログラムを書いているのだろうか？

「せんせー、ハカセのことを気にしてるなら、意味ないと思うよー。ハカセって時々こーなるからさ」胡桃沢はスマホをポチポチいじっている。

「でもさー、ハカセくんってきっと将来大物になるよねー。成績もいいし、いっつも良くわかんないプログラム起動してるもんね。私思うんだけど、ノーベル賞取っちゃうのって、こういう人なのかも！」

宮桃はきゃっきゃと笑っているが、まさか彼女も、ハカセがスカートの揺れをプログラミングしているだけの変態だとは思ってもいないだろうし、ましてや、自分の子宮をイラスト化して喜んでいたなんて思わないだろう。

打鍵音が激しい上に、エンターキーを「ターン！」ってやっているがために非常に気になるのだが、言われるがままに無視をすることにした。

学級委員に立候補した生徒には立会演説みたいなのをやってもらって、それから投票にしようかなぁ……と考えていた——その時だった。

ふと、怪音《かいおん》が聞こえた。

ぴちゃり、ぴちゃり。

水滴《すいてき》が天井《てんじょう》から落ちる音だ。

なんでこんな音が？
ていうか、これ生の音じゃないな。録音された音だ。
スピーカーで増幅《ぞうふく》されたような音だ。甲高くて耳に響《ひび》くような音だ。
鍾乳洞《しょうにゅうどう》の音？
いや違《ちが》う……。
もしかして風呂場《ふろば》の音か？
やがて、ガラガラと横開きのドアを開ける音が続いた。
『やっほー、お風呂《ふろ》一番乗りぃーっ！』
天真爛漫《てんしんらんまん》な声が聞こえた。宮桃がガタンと椅子《いす》を鳴らした。
「これ……、私の声？」
もう一度ドアが開く音がした。今度はたくさんの人々の息遣《いきづか》いが聞こえた。
『祈梨って、意外とおっぱい大きくない？　揉《も》んでやるーっ！　ほりゃ』
『やめて下さーーーーーーいっ！』
「……私の声だ」スマートフォンをいじっていた胡桃沢が目を丸くした。
その後ろの席で、伏黒がふるふると震《ふる》えている。
ぺたぺたという足音が聞こえる。次は恭野の声だった。

『宮桃ちゃん。薬湯がありますよー』

『文香ちゃん。それで喜ぶのはちょっとおじんくさいよ……』

恭野は黙《だま》り込んでいる。

『ねーねー、pHって授業でやったよね。文香ちゃん、これどーいう意味？』

『アルカリ性って意味ですよー』

『アルカリってなんだっけ？　フランシスコ・アルカリ？』

「……これ、去年の林間学校ですよね？」

恭野が呟《つぶや》く。確かに、生徒たちが一堂に集《つど》ってお風呂に入る機会なんて、林間学校くらいしかないかもしれない。

じゃあこれは、林間学校の、お風呂場の盗撮《とうさつ》音声なのか――？

俺はハカセのパソコンを見た。ハカセ本人は集中し過ぎていて気づいていないが、確かに彼のパソコンから盗撮音声が流れていた。

ていうか、ＭＡＸの音量でダダ漏《も》れしていた。

それから、女生徒たちがきゃっきゃと遊ぶ声が続いた。かけ湯を浴びる音。ドボーンと湯に飛び込む音。貸し切りをいいことに泳いでいる音。湯に浸《つ》かる前に体を洗おうと、シャワーの栓《せん》をひねる音。水をかけられて叫《さけ》ぶ声。叫ぶのを聞いて笑う声。浴場を走るぺたぺたという音。十代の女の子が、何でもかんでも笑いに変えてくすくす笑う声。

「は……、ハカセ……」

蕎麦くんはおろおろしながら、隣《となり》の席にいるハカセの下《もと》へと駆《か》け寄った。

ハカセはようやくプログラムを書き終わったようで、上機嫌《じょうきげん》に蕎麦くんに言った。

「フフ……。出来たよ。素晴《すば》らしいプログラムが。あの、いやらしく種の保存を誘《さそ》うような女の子のスカートの揺れを完全再現した、神のシミュレーションがね！」

「ちょ……ちょっと」

「では、見てくれたまえ」

ハカセは蕎麦くんにシミュレーション動画を見せようとして——動きを止めた。

哀《あわ》れにもハカセは、今更音漏《いまさらおと》もれしていることに気づいたらしい。

ハカセはわざとらしく、ゴホゴホと咳払《せきばら》いした。はにかむような笑《え》みを浮《う》かべた。それからゆったりとした動作で盗撮音声の再生を止めると、わざとらしく言った。

「ごめんごめん。国会中継が音漏れしていたよ」

それはさすがに無理があるだろ——

胡桃沢が、ハカセのパソコンのディスプレイの右端《みぎはし》を摑《つか》んで持ち上げた。

機械的に揺《ゆ》れ続けるスカートのシミュレーション動画の隣に、動画の再生窓があった。

胡桃沢は無言で再生ボタンを押した。

こうして無慈悲《むじひ》にも——林間学校の女子風呂の音声が再開された。

ようやく状況《じょうきょう》を飲み込めた女生徒の一人が、驚きのあまり椅子をふっ飛ばした。

「きゃ……、きゃあああああああああああっ！」

恐慌《きょうこう》の声が続いた。女生徒たちは困惑《こんわく》している。

「な、なんでぇーーーーー!?」

「ヘンタイ！　見ないでーーーーっ！」

「ハカセ死ねーーーーーーーっ！」

「これ蕎麦が撮《と》ってるでしょ。蕎麦も死ねーーーーーーっ!!」

「これって、林間学校の映像だよね？」女生徒の一人が疑問を呈《てい》した。「どうしてハカセが動画を持ってるの？　だってさ、去年の林間学校の時、蕎麦くんたちって盗撮騒《さわ》ぎを起こして捕《つか》まったよね。その時に、盗撮映像は前田先生が責任持って処理するって言ってたのに……」

前田先生？

俺はふと、金曜日に蕎麦くんが言っていたことを思い出した。

「前田先生は、拙者《せっしゃ》たちと仲が良かったでござる。彼は教師の権力を用いて、ありとあら

ゆる盗撮シチュエーションを用意してくれたでござるよ」

たぶんそれ、処理出来てないな……。

「あわわわわ……、拙者たちのコレクションが……」蕎麦くんは、カッターシャツの脇《わき》を汗《あせ》でびっしょりと濡《ぬ》らしていた。「違うでござる……。これには深い訳が……」

蕎麦くんは崩《くず》れ落ちそうになり、椅子の背もたれで体を支えた。

しかし、その瞬間《しゅんかん》――手の平の汗でつるりと滑《すべ》った。

「ひでぶっ！」

蕎麦くんは横転した。百キロ近い巨漢《きょかん》であるせいで、水風船が叩《たた》きつけられるようなピシャリという音がした。

続いて、蕎麦くんの机も転がった。椅子も転がった。それらは回転しながら教室の後ろの方へとふっ飛ばされた。蕎麦くんは、まるで格闘漫画《かくとうまんが》で格上の相手にエネルギー弾《だん》を食《く》らったかのようなものすごい転び方をした。

呆気《あっけ》にとられていると、べちゃりと、厚紙のような何かが俺の顔に付着した。

なんだこれ。

引っぺがすと、それは写真だった。蕎麦くんの机の中に入っていた盗撮写真だ。きっと机の回転と共に射出されたのだろう。蕎麦くんが持っていた大量の盗撮写真は、今や教室中に雨のように降り注いでいた。

女生徒たちの阿鼻《あび》叫喚《きようかん》の声が聞こえる。

驚愕《きようがく》の声は……、いつしか殺意の波動へと変わっていった。

「殺す……」

「死なす……」

「ボコして埋《う》める……」

「原形を留《とど》めなくなるまで殴《なぐ》り続ける……」

どこからか、そんな声が聞こえた。

女生徒たちは教室の後方でうずくまっている蕎麦くんとハカセを逃《に》がさないように、まるで手慣れた害獣《がいじゆう》駆除《くじよ》チームのようにジリジリと距離《きより》を詰《つ》めていった。

蕎麦くんとハカセも、なんとか距離を取ろうとする。

そんな中、何食わぬ顔で教室を出て行こうとしていた土之下くんだったが、どう見ても共犯なので女生徒たちに襟首《えりくび》を摑まれていた。

「じゃあ、制裁しちゃおっか！」

「死なない範囲《はんい》でね！」

女生徒たちは言う。一番前で制裁を取り仕切っていた二人の女の子が、ライターとタトウーマシンを取り出した。

「早速《さっそく》、土之下くんを燃やしちゃうね！」

「私は、土之下の頭に『変態』っていう刺青彫《いれずみほ》るね！」

そういえば学苑《がくえん》長から貰《もら》った用紙に、火炎性愛《パイロフィリア》と刺青性愛《スティグマトフィイリア》という性癖《せいへき》が書かれていたような気がする。ひょっとするとこの二人は、その性癖なのでは……。

ジイイイイッという、蜂《はち》の飛行音のようなタトゥーマシンの音が聞こえた。続いてヘアスプレーをライターに引火させる音も聞こえた。俺は目を瞑《つむ》ることしか出来ない。

死なないでくれ、土之下くん……。

やがてウギャアアアア、という、痛々しい叫び声がこだました。蕎麦くんとハカセは後退するうちに、教室の後方にある掃除《そうじ》ロッカーの所にまで追い詰められていた。

「ハカセ、なんで再生しちゃったでござるか……。ハカセはいつだって詰めが甘いでござるよ……」

「それを言うなら蕎麦だって……。前々から、写真の扱《あつか》いには気をつけろって言ってたのに……」

「ハカセのバーカ！」

「蕎麦のデブ！」

「白衣コスプレ野郎《やろう》！」

「百貫《かん》デブ！」

男子生徒二人は、醜《みにく》い罪のなすりつけ合いをしている。あれだけ仲の良かった二人が、極限状態ではこうも変わるのか。人間の心の闇《やみ》を見るかのようで胸が痛んだ。

「ただ僕は……、新しい仲間である伊藤先生に、盗撮動画を見て喜んでもらいたかっただけなんだけどな……」

……ん？

「昨日の夜、林間学校の盗撮動画をチェックしてたんだ。でも途中《とちゅう》で寝《ね》ちゃってね。動画が再生された状態で、パソコンが自動でスリープしちゃったらしい。古いパソコンだから、パソコンを開くと同時に動画の再生が始まっちゃったみたいだね……」ハカセは頭をかいた。

「それを言うなら拙者も。今日は、先生に盗撮写真を見せてやろうと思って、多めに写真を持ってきたのでござるよ。ホームルーム中も選別していたでござる。それがこんな結果に繋《つな》がるなんて……」

ここそこ話している二人に、胡桃沢がキレ気味で言った。

「あんたら何言ってんの？　死ぬ前の懺悔《ざんげ》タイム？」

胡桃沢は二人を睨《にら》む。普段《ふだん》からパンツが見えやすい胡桃沢だが、こういうふうに撮られることは許せないらしい。

女生徒の一人はライターの火をつけると、ポケットから取り出した新聞紙に引火させた。更《さら》に一人がタトゥーマシンの電源を入れる。ガラスを引っ掻《か》くようなビープ音が鳴った。

「あわわわわ」

尋常《じんじょう》じゃない状況を前にした蕎麦くんは、何を思ったか叫び始めた。

「い、伊藤先生〰〰〰っ！　拙者たちを見捨てるでござるか、この裏切り者〰〰〰〰〰〰〰〰っ！」

アイツ……、何を血迷ったんだ！

「伊藤先生〰〰〰っ！　せ、折角《せっかく》、先生のために動画を持ってきたのに、どういうつもりですか〰〰〰っ！」ハカセも叫ぶ。

「仲間を見捨てるなんて最低でござるよ！　男の風上にも置けないでござる〰〰〰っ！」

「助けて下さいよ〰〰。僕らの司令塔《しれいとう》。四天王で言えば朱雀《すざく》的な存在の伊藤先生〰〰〰〰〰〰〰〰〰〰〰っ！」

「初代で言えば、ワ○ル的な存在の伊藤殿《どの》〰〰〰〰〰〰〰〰っ！」

「責任取って下さいよ。この人でなし〰〰〰〰〰〰〰〰〰〰」

「ちょっと待って」胡桃沢は聞いた。「せんせーのために盗撮映像を持ってきたって……、それホント？」

「ほ、本当でござるっ!!」

「助かりたくて嘘《うそ》ついてるんじゃないよね」

「う、嘘はつかないでござる。拙者たちは言わば、伊藤先生に命じられる形で……」

「伊藤先生が持ってこいって命令したんだ。持ってくれば、次からは盗撮に協力してやるって……」

「あと始業式の日、伊藤先生のチャックが開いていたのもわざとらしいでござるよ」

「見せつけるのが趣味《しゅみ》らしくて……」

「先日も、胡桃沢殿の盗撮写真をご所望《しょもう》でござって……」

……へ？

何言ってんのあいつら。

あまりの事態に、脳髄《のうずい》が理解するのを止《や》めていた。

「わ、私の写真を……？」

胡桃沢は驚《おどろ》くと、疑いの目で俺を見た。

「違《ちが》うぞ！」俺は無実を叫《さけ》んだ。「確かに、俺はお前の写真を見たが――」

「見たの？」

「見てはいるけど……」

「ふーん。見たんだ……」

胡桃沢は何も言わなくなった。なんとなく、不要な勘違《かんちが》いをさせてしまった気がした。

俺に対する疑念が、教室中に広がっていく。

「先生とグル？」

「まさかね……」

「でも前田先生だって、妙《みょう》にあの三人と親しかったよね……」

女子生徒たちが、ちらりと俺の方を盗《ぬす》み見している。俺は必死で弁解をする。

「俺はただ、こいつらに一方的に仲間だと思われているだけで……」

「はい！　先生はパンツを『人並みには好き』って言ってたでござる!!」蕎麦くんが叫ぶ。

「写真だって、勝手に押し付けられただけで……」

「はい！　はいはい！　先生はスカートも好きだって言ってました！」

ハカセも叫ぶ。こいつら……、助かりたくて必死か？

胡桃沢は、地面に落ちた写真を一枚拾い上げた。

それは、夏服の宮桃が校庭の池に落ち、スポーツブラの紐《ひも》を透《す》けさせている写真だった。

「でもさ。せんせーに見せるためだって言うなら、筋は通るんだよね」

「何が？」

「だってさ、これってたぶん、去年の夏に撮った写真だよね。宮桃が池に落ちたの、私も覚えてるし。もし男子連中が、ズリネタのために私たちの写真を共有してたとしたら——ていうかたぶん、してると思うんだけど——一年前の写真なんて、とっくの昔に共有し終わってると思うんだよね」

胡桃沢は俺に向き直り、淡々《たんたん》と指摘《してき》した。

「その写真を今更《いまさら》学校に持ってくる理由なんて、新しい仲間が出来たからとしか思えないでしょ？」

見事な推理だった。スカートが死ぬほど短い、知性ゼロの服装をした胡桃沢朝日は、意外と理知的なことを言ってみせた。

「こいつらが勝手に、俺にプレゼントしようとしただけで」

「今の状況《じょうきょう》じゃ、そんなこと言われても信じられないよねぇ……」

胡桃沢は残念そうな表情を浮《う》かべた。完全にクロだと思っているわけではないが、状況的に、俺が犯人だと認定《にんてい》せざるを得ないという顔だった。

「……じゃあ、やっぱり」

「信じられないけど……」

「先生が蕎麦くんたちに命令して……」

教室のムードは、俺がクロで決まりかけていた。女生徒たちはみな、猜疑心《さいぎしん》にまみれた瞳《ひとみ》で俺を見ている。ただ二人、ロッカーの前にうずくまった蕎麦くんとハカセだけが、難を逃《のが》れたというふうにニヤリと笑って――


「ちょっと待って下さい」

澄《す》んだ声が聞こえた。教室の後ろのドアが開いて、恭野が入ってきた。どうやらいつの間にか教室を出ていたらしい。

教室中の視線が恭野に集中した。恭野は毅然《きぜん》とした態度で言った。

「私、伊藤先生の言うことを信じます。先生は蕎麦くんたちの仲間じゃないと思います」

恭野は大量の写真を持っていた。彼女は写真を裏向きにして、触《さわ》りたくないものを触るように人差し指と中指の間に挟《はさ》んでいた。

「お……、男の方に見せるのは、良くないと思うので……」

今更過ぎる気遣《きづか》いをした。いかがわしい写真なのだろう。

恭野は胡桃沢を自分の方へと呼んだ。胡桃沢は恭野から写真を受け取ると、口を開いた。

「これ……、私の写真だ」

どうやら恭野は、どこからか胡桃沢の盗撮《とうさつ》写真を持ってきたらしい。

なんとなく予想がついた――その写真は、俺が蕎麦くんに押し付けられた写真だった。

恭野は一度息を吸い込むと、教室の生徒たちに向かって、その事実を告げた。

「伊藤先生の机の引き出しの中に入ってたんです」

そのセリフを聞いて、教室のざわめきの声が大きくなった。やっぱり先生が犯人だ、という声が広まる。

「武蔵野先生が、そこにあるって教えてくれたんです」

「武蔵野先生が？」胡桃沢が聞く。

恭野は教室の注目を集めていることに、今更ながらもちょっとひるみながら言った。

「さっき教室を出たら廊下《ろうか》で会ったんです。武蔵野先生は、九組から大きな音がするということで様子を見に来られたみたいです」女子たちの憎悪《ぞうお》の叫びと、蕎麦くんの派手な転倒《てんとう》の音は、他《ほか》のクラスにも聞こえていたらしい。「私は武蔵野先生に、金曜日の始業式の後に、伊藤先生の身に何が起こったのかを聞いたんです。武蔵野先生は伊藤先生とデスクが隣《となり》ですからね」

金曜日の始業式の後――それは、俺が蕎麦くんに写真を貰《もら》った時間だ。そしてその後に、俺は恭野に「蕎麦くんはどこにいるか」と聞いたのだ。

「先生が私に蕎麦くんの居場所を聞いた時、先生は慌《あわ》てた様子でした。だからきっと、その直前に何かがあったんじゃないかと思ったんです。武蔵野先生はその時間に、伊藤先生のデスクに大量の盗撮写真が投函《とうかん》されていたことを教えてくれました」

やっぱり……、という声が広まる。けれども恭野は、固まりかけた俺＝容疑者のムードに反論した。

「でも、もし伊藤先生と蕎麦くんがグルなら、伊藤先生が武蔵野先生に写真のことを教えるのは変じゃないですか？」

きっと、それが恭野の言いたいことだった。

「伊藤先生が犯人なら、武蔵野先生に写真のことを教える必要はないと思うんです。だから先生はただ単純に、勝手に写真を押し付けられて困ったから武蔵野先生に相談したんです。もちろん、本当の所はわからないですが……、でも、私は伊藤先生が悪い人のように思えないので、伊藤先生の言うことを信じたいと思ってます」

恭野の言葉に、教室は一瞬《いっしゅん》しんと静まった。

あまりに長い沈黙《ちんもく》にうろたえるような表情をした恭野に、胡桃沢が言った。

「なーるほどねー」

胡桃沢は、重い空気とは真逆の能天気な口調で続けた。

「つまり、どーてーせんせーには盗撮写真を横領する度胸は無かったってことだね♡」

もっと他に言い方はなかったのか……？

胡桃沢の軽口に、宮桃の声が続いた。

「なんか全然意味わかんなかったけどすごいね！　文香ちゃん名探偵《めいたんてい》みたい！」

このアホの子は一体なんのエリートになるんだ……？　と思っていると、女生徒たちの声が続いた。

「確かに、ほんとに仲間だったら武蔵野先生に見せる必要ないもんね」

「伊藤先生もちょっと変態っぽいけど、あんまり度胸はなさそうだし」

「文香ちゃんすごーい」

「やっぱり学級委員は文香ちゃんがいいなー」

「じゃあ……、犯人は」

教室中の視線が、再び蕎麦くんとハカセの方に向いた。

蕎麦くんは額に脂汗《あぶらあせ》を浮かべながら、精一杯《せいいっぱい》強がってみせた。

「ドゥフフ……、コポォ……、フォカヌポウ……、ひ、引っかかったでござるな。そう、これこそが伊藤先生のほどこしたカモフラージュ。この変態の手の内なのでござるよ！」

しかし、今更その言葉を信じる人間はいない。

「そのカモフラージュを、仲間のあんたが漏《も》らしてどうすんのよ……」

胡桃沢は呆《あき》れている。それから俺の方を向いた。

「どーてーせんせー。疑っちゃってごめんね。お詫《わ》びに今度、盗撮写真を見てひとりでするよりも、もっとスッゴイことしてあげるからねっ☆」

俺はつい「スッゴイこと」を想像してしまい、前かがみになった。

教室の女子たちは、再び非リア二人の捕獲《ほかく》に当たった。

無数の視線の中で……、ついに観念した蕎麦くんが言った。

「……ここは、拙者《せっしゃ》のパンツの写真を撮《と》ることで、痛み分けとするのはどうでござるか？」

その言葉が、女子たちの怒《いか》りに火を点《つ》けた。

殺意の波動と、タトゥーマシンの音と、新聞紙を燃やす音の中、俺はとばっちりを食わないために教壇《きょうだん》の中で丸まっていた。

＊

放課後。

施錠《せじょう》のために九組に行くと、入り口の所に、髪《かみ》の毛を全て焼き払《はら》われて頭頂に「変態」と刺青《いれずみ》されている（シールだと思いたい）非リア三人衆がいた。

生きてて良かったな……と、俺が命の大切さを嚙《か》み締《し》めていると、蕎麦くんが言った。

「伊藤先生……、悪いことをしたでござるな」

一人だけ難を逃れたことに苦言を呈《てい》されると思っていた俺は、蕎麦くんの神妙《しんみょう》な態度が意外だった。

どうやら彼らもこの件を経て、思い直したことがあるらしい。

「僕たち、先生を勝手に仲間だと思って、突《つ》っ走《ぱし》ってしまったのかもしれないね」

「拙者たち、男ならばみなパンツが好きと、決めてかかってしまっていたでござる。しかし、そうとは限らないのだということを知ったでござるよ……」

「先生と俺たちの溝《みぞ》、埋《う》めたい……」

おお。

どうやら彼らは、大切なことを悟《さと》ってくれたらしい。

よーし、ではちょっと先生っぽいことをしよう。俺は「世の中には色んな考え方があるんだよ」という、ありきたりな説教をしようと思った。

そんな俺に、蕎麦くんは思ってもないことを言った。

「先生は、全裸《ぜんら》派だったのでござるな……」

……。

「パンツなんて必要なかったんだね」

「先生は、胡桃沢殿《どの》の盗撮写真なんて要《い》らなかったのでござるな……」

「流派の違《ちが》いだったんだね」

「盗撮写真よりも先に、風呂場《ふろば》の映像を送っておけば……」

……。

こいつらはひょっとして、永遠に懲《こ》りないんじゃないだろうか。

蕎麦くんは永遠に盗撮をし続けるし、ハカセは永遠に発明をし続けるし、土之下くんは永遠に溝を埋め続けているんじゃないだろうか。

でも仕方ないか。だってこの教室は、
特殊性癖教室《とくしゅせいへき》──だもんな。

そんな諦《あきら》めが俺を襲《おそ》った。そうだ。こいつらは「性癖」レベルでいたずらが好きなのだ。

そして俺は教師として、そんな奴《やつ》らと付き合っていかなければならないのだ。

教室に入ると、恭野が一人で勉強をしていた。どうやら明日《あした》からの宿題テストの対策をしているらしい。

俺が教室にいるのを察して、恭野は顔を上げた。その顔は夕焼け色に染まっていた。

「……一年間、学級委員よろしく」

結局の所、学級委員は恭野になった。というより、非リア軍団の件で見せた推理が見事だったので、満場一致《まんじょういっち》で「学級委員は恭野にやって欲しい」と決まったのだ。

こうして恭野は四年連続で、九組の学級委員になった。

「恭野ありがとう。助けてくれて」

「いえ。先生がご無事で良かったです」恭野は苦笑《くしょう》しながらも、教室の外でうずくまっている非リアたちの方角を見た。俺があなっている可能性もあったのだ。

「ひとつだけ──恭野に聞いてもいいか？」

「もちろんですよ」

「恭野はどうして、俺を助けてくれたんだ？　俺のためにホームルームを抜《ぬ》け出して、武蔵野先生にまで事情を聞いてくれたんだ？」

なんだかそれは、まるで俺が犯人じゃないと確信した上の行動のように思えた。だからそれが、すこし不思議だったのだ。

「だって……、先生が悪い人には見えなかったからです」

「それだけか？」

「それだけかもしれないです」恭野は少し恥《は》ずかしそうだった。「うまくは言えないけど、本当にそれだけなんです。私は人を疑うのが苦手なんです。おばあちゃんからも、『人を疑うよりは、信じて裏切られた方がマシだ』というふうに教えられていて——そんなにかっこよくはなれないけど、そういう気持ちで生きていたいって思ってるんです。だから、先生を信じたいと思ったからこそ、先生を助けた……っていうのじゃ、ダメですかね？」

恭野の瞳《ひとみ》はきらきらと光っていた。なので俺は少女に、これ以上話を聞くのは野暮《やぼ》だと思った。

俺は彼女となら——いい学級が築けるような気がした。

これから一年間、このクラスの担任として、やっていけそうな気がしたのだ。

でも俺は束《つか》の間忘れていた。この教室が特殊性癖教室であるということを。
目の前にいる恭野文香でさえも、人には言えない特殊性癖を持っているということを。

第二章

一週間にもわたる宿題テストが終わり、通常授業が始まった。

教師になって三週間目の四月十七日。俺の日常はますます忙《いそが》しくなっていた。

新人ならではの雑務はもちろん、教材研究——要するに授業の準備——が忙しかった。

俺は物理の教師なのだが、冷静に考えて五十分もの間、生徒たちの集中を切らさずに物理の話をするというのは非常に難しいことである。ていうか無理だ。なんなら俺だって聞きたくない。五十分も物理の話をされてはたまらない。

でも、やらなければならない。教師という職業は、不可能に挑戦《ちょうせん》しなければならないのだ。

高校時代は何も思わなかったが、高校の教師たちは、みんな何かしらの使い手だったのかもしれない——いや、なんの使い手でもなかったからこそ、俺は授業中寝《ね》ていたのかもしれないが……。

先輩《せんぱい》教師に授業プリントは貰《もら》っているので、授業の進め方までは考える必要はないのだが、にしても毎日しっちゃかめっちゃかだった。

放課後の職員室で、今日も生徒たちに板書が右上がりになることをいじられ続けたな……と、ブルーになっていると、恭野《きょうの》がやってきた。

恭野には相変わらず清潔感があった。制服のカッターシャツにはしわ一つない。清純《せいじゅん》学苑《がくえん》のMサイズの制服は、まるでオーダーメイドでしつらえられたかのように、彼女の体にぴたりと合っていた。

「先生。進路調査票と自習室開放のアンケートを持ってきたんですけど……」

「おう、ありがとう」そういえば、今日提出だったのに集め忘れていた。「もしかして、恭野が回収してくれたのか？」

「はい。放課後に宮桃《みやもも》ちゃんと話している時に気づいて。みなさん、まだ学校に残っていましたので」

進路調査票とアンケートは十三人分あった。停学中の非リア三人衆の分と、いつも休んでいる四人の生徒の分を足せば人数分ぴったりだ。

十三人分とはいえ、集めるのは大変だっただろう。俺は申し訳ない気持ちになった。

「……余計なことしちゃいましたかね？」

恭野は両手の人差し指を合わせた。その仕草が可愛《かわい》くて、俺はすこし見惚《みと》れてしまった。

「た、助かったよ……。ありがとう」

俺はごまかすようにそう言うと、進路調査票を確認《かくにん》した。

胡桃沢《くるみざわ》の進路、「せんせーのお嫁《よめ》さん♡」って、完全にギャグだな……。他《ほか》の生徒は、一応進学校だからか大学進学が多いな。それとも、自分の性癖がバレないために、あえて普通《ふつう》の進路を書いているのだろうか？

さて、これから俺は調査票とアンケートの集計をしなければならない。その上で結果を、ウェブ上のスプレッドシートに入力しなければならない。

明日の教材研究も終わってないのに……とため息をつくと、恭野が言った。

「プリントの集計、私も手伝いましょうか？」

「えっ？　そこまではさせられないぞ」

「いいんですよ。先生っていつも大変そうですし」

「うーん……」俺はすこし悩《なや》んだ。本当は良くないのかもしれないが、しかし、実際に仕事量はキャパを超《こ》えていた。「じゃあ頼《たの》むよ。付き合ってもらってもいいか？」

「はい、大丈夫《だいじょうぶ》です♡」恭野は甘えるように言った。

実によく出来た生徒だ。ひょっとすると恭野は「こんな生徒がいたらいいな」という教師の願望をかき集めて生まれた存在ではないだろうか。そんな気がする。

とはいえ、気になるのは恭野の性癖である。恭野を昇降口《しょうこう》に送っていった後、俺は職員室で、学苑長から貰ったプリントをぼんやりと見つめていた。

これだけ出来る生徒であると、良くないと思いつつも、裏が気になってしまうのは人間の性《さが》である。恭野の性癖は一体なんなのか。一応、他の先生方にも聞いてみたのだが、知っている人はいなかった。

うんうん唸《うな》っているだけじゃわからないに決まっているのだが、しかし「やあ恭野。お前の性癖はなんだ？　先生に教えてくれないか？　女子高生であるお前の性癖を！」と聞いても教えてくれるはずがない（どころか通報されそうだ）し、どうすればいいのだろう。

恭野だけではなく、性癖がわからない生徒がこんなにいるというのも……。

――と思っていると、渡りに船とばかりに青木《あおき》先生の提案があった。

「部活を担当してくれませんか？」

次の日の放課後、青木先生はふんわりとした笑顔《えがお》で言った。

「部活ですか？」俺は青木先生の胸をチラ見しながら答えた。

「そうですよう」青木先生の胸は、柔《やわ》らかそうに波打っている。「新卒の先生は、必ず一つ以上の部活を担当する決まりなんです。先生は私が主顧問《こもん》をしている、家庭科部の副顧問になってくれませんか？」

　正直、あまり気乗りしなかった。担任の仕事と教材研究で忙しい中、更《さら》に部活の顧問が増えるなんて。それに——

「どうして家庭科部なんですか？」俺に家庭的なイメージがあるのだろうか？

「伊藤《いとう》先生は海洋大学ですから、お魚さばくの得意ですよね？」

「まぁ、出来なくもないですが……」

「楽しみですねー。海洋大学の方のお魚教室♪」

　青木先生は海洋大学に変なイメージを持っているようだが、大学のカリキュラムに、魚をさばく授業があるわけではない。ただ、釣《つ》り好きの友人が多かったので、たまたま魚をさばくことが出来た。

「良かったです。丁度今、副顧問の先生が育休を取られてますので、代わりの先生を探していたんですよう」

　青木先生は喜ぶ。大学云々《うんぬん》はこじつけで、それが本命の理由である気もした。

　活動内容を聞いてみると、家庭科部は週二回しか活動していないらしい。確かにこれくらいなら、なんとかなるかもしれない。

「家庭科部には九組の生徒も多いんですよう。ほら、恭野さんとか」

――恭野。

俺はふと、恭野の性癖《せいへき》について悩んでいたことを思い出した。部活で一緒《いつしよ》になれば、彼女の性癖を知る機会も増えるかもしれない。

「恭野さんは服飾《ふくしよく》が得意なんですよ。去年の文化祭のファッションショーでも、可愛いウエディングドレスを作って好評だったんですよ」

ファッションショーか。家庭科部って、意外と派手目な活動もするんだな。

俺は、恭野がファッションモデルをしている所を想像した。確かに恭野は姿勢もいいし、歩き方も綺麗《きれい》だし、モデルに向いているのかもしれない。

モデルに向いていると言えば、胡桃沢なんかも向いているかもしれな――

……いや、無いか。胡桃沢がファッションショーなんかに出たら、きっと頭がおかしいレベルに露出度《ろしゆつど》の高い服を着るのだ。そして、ストリッパーみたいなポールダンスをするのだ。家庭科室に思春期のエロ男子が集まり、ファッションショーはローアングラーの集《つど》うコスプレ会場のように……。

「胡桃沢さんも家庭科部ですよ」

「辞《や》めさせて下さい」

「先生、酷《ひど》いです……」しまった。思ったことがそのまま口から。

「胡桃沢もファッションショーに出たんですか？」

「胡桃沢さんは美人ですから、ファッションショーに出たら素敵《すてき》でしょうね。でも、胡桃沢さんはたまにしか来ないので、手間がかかる縫製《ほうせい》はやってないんですよ」

俺は安心した。確かに、胡桃沢がコツコツ服を作っている所は想像出来ない。

「家庭科部には、他にも九組の生徒がいるんですよう。伏黒《ふしぐろ》さんとか。女島《めしま》さんとか」

「どうしてそんなにも多いんですか？」

「ここだけの話……、九組の生徒は部活に入ると浮《う》いちゃうことが多いんですよ。九組が特殊性癖教室であることを知っているのは教師だけですが、クラス替《が》えの無い特殊なクラスであることは事実ですからねぇ」青木先生は声を潜《ひそ》めた。「その点、家庭科部だと仲間が多いので、居心地《いごこち》がいいんでしょうね」

確かに在校生からすれば、得体の知れない集団かもしれない。

こうして俺は、あっさりと家庭科部の副顧問に決まった。

次の日、早くも家庭科部の活動があり、俺は早速《さっそく》、生徒たちに魚のさばき方を伝授することになった。

昼休みに、青木先生の車に乗って駅前の魚屋へ行き、人数分のイワシを買った。

イワシの入った発泡《はっぽう》スチロールの箱を見つめながら、青木先生が言った。

「パン粉焼きにでもしましょうかぁ」

「いいですねえ」

部活動なんて面倒《めんどう》だと思っていたけれど、なんだかデートっぽくて楽しかった。青木先生の車、いい匂《にお》いがするし。ひょっとしてワンチャンあるのでは……。

俺が視線を向けるたびに、青木先生がおっぱいを守っているように見えたが、気のせいだろう。記憶《きおく》のない飲み会で、変なことをしたってことはないよな……。

放課後、俺は家庭科室へと向かった。

参加者は十二人。普段《ふだん》よりも多いらしい。どうやら、新しく入った九組の教師のことを、家庭科部の生徒たちも気にしているようだ。

視線を感じる中、恭野が嬉《うれ》しそうに駆《か》け寄ってきた。

「先生、本当に家庭科部の顧問になったんですねー」

恭野はチェック柄《がら》のエプロン姿で、可愛らしい三角巾《さんかくきん》を被《かぶ》っていた。

「せんせー、女の子が多いからって鼻の下伸《の》ばしてない？」

胡桃沢が言う。彼女は大きくハートがあしらってあるフリフリのエプロン姿だ。このエプロン、ドン・キホ〇テとＡＶでしか見たことがないが……。

家庭科室にはもう二人、九組の生徒がいた。一人は伏黒祈梨《いのり》で、今日も落ち込んだような表情を浮かべている。もう一人は確か——女島涼子《りょうこ》という名の生徒だったか。二人とも、胡桃沢とよく一緒にいるイメージのある女の子だ。

女島は睨《にら》むような視線で俺を見ている。敵視されているというわけではなく、単に目つきの悪い女の子のようだ。

自己紹介《しょうかい》をして、部活動を始めた。

発泡スチロールの箱を開けると、冷気と共に、魚の臭《にお》いが家庭科室に充満《じゅうまん》した。生徒たちは、イワシのテカった皮膚《ひふ》を興味深そうに見つめている。

胡桃沢はうんざりしたように恭野に言った。

「なんかさー、魚ってキモくない？」

「そうですか？　可愛いですよ」

可愛くはないとは思うが……。

生徒たちはスマートフォンを取り出すと、イワシの写真をバシバシ撮《と》っていた。なんだか現代っ子を感じる光景である。

恭野はイワシをまな板の上に載《の》せて自席に持ち帰ると、むんずと摑《つか》み、エプロン姿の自分と合わせて自撮《じど》りするというシュールな行為《こうい》をしていた。

「恭野のSNSは、学校中の人がフォローしてるからね」

胡桃沢が言う。なるほど、今ではイワシがイ○スタグラムで共有される時代なのか。

嬉しそうにイワシをまな板に置いて、手に臭いがついちゃいました、と笑っている恭野を見て、俺はふと思った。

そういえば……。

祖父から貰《もら》ったプリントに、被写体性愛《オータゴニストフイリア》という性癖が書かれていた。ググってみると、写真に撮ったり撮られたり、ステージに上がって人に見られたりすることに快楽を覚える性癖らしい。

恭野はひょっとして、そういう性癖だったり……。

いやいや、自撮りをしているだけで被写体性愛《オータゴニストフイリア》というのは乱暴過ぎる。そんなことになれば、SNSをやっているアイドルたちはみな筋金入りの変態ということに――

待てよ。

そういえば、恭野は文化祭のファッションショーに出てたよな。

被写体性愛《オータゴニストフイリア》はステージの上にいても快楽を感じる性癖である。恭野はドレス姿でステージに上がりながらも、実は股間《こかん》を濡《ぬ》らしていた可能性も――

学級委員に立候補した時も、恭野の下着は濡れていて……ってアホか。

女子高生に対して、何をエロ漫画《まんが》みたいな妄想《もうそう》をしているのだ。

危ない危ない。変態になる所だった。そういうシチュエーションにちょっと興奮……って、教え子に何を言っているのだ。

さっさと料理教室を始めよう——と思った所で、青木先生が言った。

「ごめんなさい、伊藤先生。今日は婚活《こんかつ》パー……んんっ、家庭の事情がありまして、帰らせていただきます」

家庭の事情なら仕方がない。顧問になって早速だが、一人で部活動を見ることにした。

では生徒たちに、イワシのさばき方を解説しよう。
①、まずは包丁の背を使って、鱗《うろこ》を取る。
②、包丁の刃《は》を使って、頭を切り落とす。
③、イワシのお腹《なか》を、頭から肛門《こうもん》まで切り裂《さ》く。
④、お腹を開き、内臓を包丁の先でかき出す。
⑤、チーン、という音が鳴る。
⑥、甘い匂いがするので、オーブンを開ける。
⑦、クッキーの完成である。

「なんでだ！」

俺はつい叫《さけ》んでしまった。見れば、家庭科室の中で一人だけ魚の血まみれになっていない胡桃沢が、クッキーを作り終えた所だった。

「私、魚苦手なんだよね。グロいし、感触《かんしょく》キモいし……」胡桃沢は舌を出した。「私、一生加工品だけで暮らす！」

この現代っ子め……。

見れば、胡桃沢のまな板の上では、イワシが「無惨《むざん》……」とでも言いたげな様子で横たわっていた。なんだか人体実験に失敗したかのような趣《おもむき》である。イワシは悲しげな瞳《ひとみ》で俺を見つめていた。そんな目で俺を見ないでくれ。

どうやら胡桃沢は、一応はトライしたのだが失敗してしまったようだ。

ちなみに、隣《となり》の伏黒も同じようにバラバラ殺人の現場を作っていたのだが、彼女はまだやる気があるらしい。結局、モチベーションの問題だな。

「ねーせんせー、私のクッキー食べてよ！」胡桃沢が、皿の上にクッキーを載せて俺に差し出した。

「いや、調理実習中だし……」

「いいっていいって！」

胡桃沢はそう言って、俺の口の中にクッキーを押し込んだ。焼き立ての甘い匂いが鼻孔《びこう》を撫《な》でた。それでいて、どこか辛《から》みの残る後味だ。ジンジャークッキーである。

「みんなさ、ちょっと休憩《きゆうけい》しようよー」胡桃沢の声で、家庭科室に笑いが広がった。

「胡桃沢さん……」恭野は困った表情を浮かべる。

丁度、魚の水切りが終わり、作業が一段落した所だったので、胡桃沢のクッキーで休憩ということになった。仕方ない。後で胡桃沢には一対一で、みっちりと魚のさばき方を教えてやろう。

にしても……、包丁の腕《うで》はからっきしだったのに、クッキーは意外と美味《おい》しかった。何が入っているのかはわからないが、エネルギードリンクのような不思議な風味もある。

原材料はなんだろう。卵や牛乳は家庭科室の冷蔵庫に入っていたけれど、明らかにそれ以外の物も入っているような気がする。

さっさと調理実習に戻《もど》りたかったので、ものすごい勢いでクッキーを口に入れた。高速で全《すべ》てを食べ終わると、なぜだか体が熱くなっていた。

……？

胡桃沢の目が怪《あや》しく光っている。

どうしてこいつはニヤニヤしているんだ？

「せんせー、クッキー何枚食べた？」

「全部で七枚かな」

「じゃあ、効果は充分《じゅうぶん》かな」胡桃沢はいたずらっぽく笑った。「そのクッキーの原材料はね、亜鉛《あえん》、サソリ、高麗人参《こうらいにんじん》、ニンニク、すっぽん、マムシ、マカ、トナカイの角……」

一定の傾向《けいこう》を持った素材が並んでいる。えーっと、その原材料って何に使うものだっけ。

……ッ!!

「精力剤《ざい》じゃないか！」

「当ったりー♡」胡桃沢はおどけてみせた。「せんせーが食べたクッキーはね、食べるとえっちがしたくなっちゃう魔法《まほう》のクッキーなの!!」

「あの夢のクッキーがここに!!」

「クッキー一枚が精力剤一本分に相当するから。七枚食べたせんせーは七回頑張《がんば》れる計算だよっ☆」

「妙《みょう》なもん食わせやがって……」

……ん？

俺は体に異変を感じた。

なんだこれは……。体が熱い。溶《と》けてるみてえだ。溶けてるっていうか、むしろ固まってるみてえだ。体の一部分に血が凝縮《ぎょうしゅく》されていく。

俺は思わず前かがみになった。あまり血液を集めてはいけない体の一部に、不適切にも大量の血液が集まっていた。

「きゃーっ、せんせー☆　意外とおおきーいっ！」胡桃沢は舌なめずりをする。

「女子高生が担任のアソコサイズで喜ぶな……」

しまった。フォースが戦闘《せんとう》状態になっている。女子生徒ばかりの家庭科室で dive into ダークサイドだ。早く鎮《しず》めなければまずい。

おまけに頭が熱い。視界がぐるぐると回り、ピンク色に染まるような感覚があった。

……ん？

どうしてだろう。

――目の前にいる胡桃沢が、めちゃくちゃ可愛《かわい》い女の子に見える。

「どーしたの、せんせー？」

胡桃沢が嗜虐《しぎゃく》的に笑う。その唇《くちびる》が妙に妖艶《ようえん》に見える。

まずい……、これはオナ禁を一週間した時に、目に映るもの全てがエロく見え、世界がエロのワンダーランドに見えるのと同じ現象である。胡桃沢が可愛い……。世界で一番可愛い女の子に見える。十六才とは思えない巨乳《きょにゅう》……、ハーフの白ギャル……。

ヤバい……、教師が抱《いだ》いてはならない気持ちを胡桃沢に……。

「せんせーが考えてること、わかるよ」

「嘘《うそ》つけ」しまった、見透《みす》かされている。「お前に俺の気持ちがわかるわけ――」

「せんせーは今、私とヤりたいって思ってるね！」

「間違《まちが》いだ！」図星だが、教師として認めるわけにはいかない。「俺は今、国際情勢のことを考えていた！」

「わかりやすい嘘!?」胡桃沢は続ける。「でもせんせー、フォースが大きくなって――」

「ザンビアっておっぱいみたいな形してるよな……」

「中学生!?」

「マリもイエメンもラトビアも……、ハァハァ……」

「じゃあ、本当のおっぱいを見せてあげるね」

何をこいつは海原雄《かいばらゆう》◯みたいなことを……と思っていると、胡桃沢はぺろりと制服をはだけさせた。中にはぎっしりと詰《つ》まったたわわな白桃《はくとう》があった。

「見てよこの谷間。最近育ちすぎて、ブラがどんどん合わなくなっちゃうんだよねー」

……ッ！

「なんじゃこりゃあああああああ！」

しまった。驚《おどろ》きのあまり松田《まつだ》○作《さく》に――

「今なら……、してあげてもいいんだよ?」

こ、こんな巨乳に包まれて、童貞《どうてい》を捨てられるなんて……。

「是非《ぜひ》も無し……」

童貞と共に、教職くらい捨ててもいいか……。

「よしよし」胡桃沢は俺の頭を撫でる。「是か非で言ったら、非だと思うけどね」

「非しか無し……」

まずい、胡桃沢の言いなりに……。正気を取り戻すのだ、俺よ!

「でもね、条件があるよ。今この場で『フォースを鎮めて下さい、胡桃沢様!』って、土下座するの」

「なんだと?」教師が生徒に土下座だと。「そんなこと、出来るわけ……」

「そんなにおっきくしといて、強がれるの?」

胡桃沢が足を伸《の》ばし、スリッパ越《ご》しに俺の股間にチョンと触《さわ》った。

「はううっ!」俺は叫んだ。わずかな刺激《しげき》なのに強烈《きょうれつ》だ。「すいません……、ふぉ、フォースを鎮めさせてください。胡桃沢さま……」

「もっと大きな声で。土下座しながら!」

「わかりました。土下座します……」

俺はゆっくりと膝《ひざ》を床《ゆか》に付けた。周囲を見回すと、いつの間にか俺は教室中の注目を集めてしまっていたし、ヤバい奴《やつ》を見るような目で見られていた。が、全然頭が回らないし、

「つい生徒に土下座しちゃうくらいに破天荒《はてんこう》な教師☆」という設定で行けば、またみんなと笑い合える気がした。心と心は繋《つな》がっている。

「ついでに『童貞じゃないって嘘ついてごめんなさい』って謝ってね」

「なんだと？　そこまで言う義理は」

「鎮めてあげないよ？」

「う……、うう……、鎮めたいですぅ……、胡桃沢様ぁ……」俺は家庭科室の床にバッタのように這《は》いつくばった。俺は教師のプライドを捨てた。「ど、童貞なのに嘘ついてごめんなさぁい！　彼女出来たことないですう。女の子に触ったこともないですう。どうかこの非モテ野郎《やろう》のフォースをお鎮め下さい。胡桃沢様ぁ！」

「フフ……」

胡桃沢は嗜虐的に笑った。その笑《え》みは肯定《こうてい》の意味を表しているように思えた。

ふう……、これでフォースが鎮められる……。

と思った、その時だった。

「あ、あの……」

恭野に肩《かた》を叩《たた》かれた。彼女は気まずそうに俺に言った。

「胡桃沢さんとおしゃべりをしている所悪いんですが……、お、お魚のさばき方の続きを教えて欲しいんですけど……」

恭野は心底バツが悪そうだった。まるで両親の情事を初めて覗《のぞ》いてしまった十二才の乙女《おとめ》みたいだった。純真そのものの瞳は、汚《けが》れた本能で一杯《いっぱい》になった俺からすれば、胸に迫《せま》るものがあった。

だが、黙《だま》っていて欲しい！　俺は今、胡桃沢と——おしゃべりではない——おしゃぶりの話をしているのだ!!　胡桃沢におしゃぶりを貰《もら》えるかどうか、その瀬戸際《せとぎわ》なのだ。処女は引っ込んでいてくれないか！

「そっかー、恭野ごめんね。確かに調理実習中だもんね」

——えっ？

胡桃沢……、胡桃沢様っ!?

「く、胡桃沢……、してくれないのか……!?　魚っていうかサカリのついた俺を!?」

「お魚！　お魚をさばきますよ！」恭野が叫《さけ》ぶ。

「ほら、恭野もこう言ってるし」胡桃沢はぺろりと舌を出した。「じゃあ私、購買《こうばい》で紅茶でも買ってくるね！」

「胡桃沢さん、逃《に》げて下さい！」恭野がなぜか助け船を出している。

「胡桃沢ァァァァァァァァァァ！」

追いかけようかと思ったが、恭野が服のすそを引っ張っていた。

「駄目《だめ》ですよ、三枚下ろしの仕方を教えてくれなきゃ！」

筆下ろしの仕方を教えて下さい！

……と思ったが、恭野に引き戻されるようにして、俺は教壇《きょうだん》に戻った。

うう……、苦しいよう……。

辛《つら》いよう……。ズボンが痛いよう……。

折角《せっかく》、童貞が捨てられると思——

……ハッ。

俺は——アホなのか？

危ない。さっきまでの俺は我を失いかけていた。女子高生に「ヤらせて下さい！」と土下座する先生なんて前代未聞《みもん》過ぎる。前代未聞過ぎて、逆にそんな教育方法があるのかもしれないと思ってしまうレベルだ。五十万人に一人くらいは勘違《かんちが》いするかもしれない。

家庭科部の生徒たちは訝《いぶか》しげな表情で俺を見ている。

その表情からはさっきまでの信頼感《しんらい》は完全に消えていたし、また笑い合うことも不可能そうだったし、心と心も繋がってなさそうだったが、気づかないフリをした。

「では、水洗いしたイワシを三枚に下ろしまーす」

俺は言う。

生徒たちは厳格な軍隊のように俺の指示に従った。

が、クッキーの効果はまだ消えていなかった。それどころか、状況《じょうきょう》はどんどん悪化していた。女子高生たちがみんな可愛く見える。健康的な、白い肌《はだ》がキラキラ光っている。特に恭野なんて、顔面からまばゆい光が発されて、可愛さの核融合《かくゆうごう》反応でヘリウムが放出されているような気がした。天使的な可愛さだ。

天使だよう……、恭野は天使だよう……。

と、劣情《れつじょう》に耐《た》えていると――

ふと――家庭科部の空気が変なことに気付いた。

みんな俺の目を見ない――のは、さっきの一件があるので当然だった。ハハハ。

じゃなくて、

なんだか、暖かな圧力を感じた。部屋の温度が、四月とは思えないほどに上昇《じょうしょう》していた。そのために、はしたなくもカッターシャツをぱたぱたしている生徒や、ハァハァと息を漏《も》らす生徒、スカートをぱたつかせて、パンティのポリゴンショックを引き起こしている生徒もいた。

なんて無防備な姿だ。うぐう、股間《こかん》の硬度《こうど》が……。心なしか、みんな頬《ほお》が赤くなっているし、まるで誘《さそ》っているかのような……。

誘って……。

あ、そうか！

胡桃沢のクッキーを食べたのは俺だけではないのだ。家庭科部の女の子たちも、多かれ少なかれ食べたはずである。たまたま俺が一番多く食べていたからこそ、人よりも発症《はっしょう》が早かっただけで、ここにいる十二人の女子高生たちはみんな、思春期の性欲《せいよく》と、発情した体温を持て余しているのだ！

なんだこの状況は。

もしかすると——ハーレムではないか？

ヤッホーイ、女子高生狩《か》り放題……じゃなくて、ますます下腹部によろしくない状況になっていた。

耐えねばと思うものの、これでは餓死《がし》寸前の状態で高級ホテルのバイキングに迷い込み、何も食うなと言われているようなものである。目の前にはたくさんの、瑞々《みずみず》しくて美味《おい》しそうなもぎもぎフルーツがあるのに……。

気を落ち着かせるために眉毛《まゆげ》を抜《ぬ》いていると、恭野の澄《す》んだ声が聞こえた。

「伊藤先生」

恭野の様子に変わった様子はない。しかし、ほんのすこしだけ頬がさくらんぼ色に染まっている。

「うまく出来ないんですけど……」

「な、何が⁉」一人えっちか⁉

「さ、三枚下ろしです……」恭野は俺の声に若干《じゃっかん》ビビりながらも答えた。「うまくさばけなくて……」

「お、教える‼」

単語しか使えない未来のゴリラみたいになった俺は、のっしのっしと恭野の机に向かった。すると、恭野のまな板の上は魚の切り身でぐちゃぐちゃになっていた。恭野は料理が得意そうだったので、意外だった。

「私の包丁、うまく切れないみたいなんです」

どうやら包丁の切れ味が悪かったらしい。恭野は魚を二枚まで下ろしたものの、身が硬《かた》い部分に差し掛《か》かってしまい、ギコギコとのこぎりのように包丁を引いて、引き千切らなければ切れなくなってしまったという。

恭野の包丁を借りると、確かにナマクラといった感じで、俺だってうまくさばけるかわからなかった。代わりに切ってやろうとすると、恭野が言った。

「それじゃあ、力加減がわかりませんよ」

「あ、そうか」こんな時でも勉強熱心だな。

「私が魚を切るので、その上に先生は手を添《そ》えてくれませんか？」

「わ、わかった」

恭野の手を触るって——なんだか、いやらしい行為《こうい》みたいだな。いやいや。恭野は俺の生徒なのだ。サポートするのは当然のことだ。

俺は息を止めて、そっと恭野の手を触った。

恭野の手は濡《ぬ》れていた。しかし、握《にぎ》ってみると温かな体温が感じられた。手は桜みたいなピンク色だ。指の一本一本がガラス細工のように細い。

「先生……、ちゃんと握って下さい」

遠慮《えんりょ》して、甘握りのようになってしまっていると恭野が言った。俺は劣情を飛ばすために深呼吸をしてから、指先に力を込めた。

うう……、女の子の手ってこんな感触《かんしょく》がするんだな。

冷静になろう。冷静に……。

変な気持ちを起こさないために、俺は口をぽかーんと開けて、エサを貪《むさぼ》っているマンボウのように宙を見つめながら魚を切っていた。すると恭野が言った。

「先生の手……温かいですね」

「……」

「思ったよりもゴツゴツしてて、男らしくてかっこいいです……」

この状況で褒《ほ》めないでくれ……。

褒めるくらいなら怒《おこ》って……、いや、それはそっちの趣味《しゅみ》が目覚める可能性があるのか。

逃げ場が無さすぎる。

ていうか、一緒《いっしょ》に魚をさばいているこの体勢って、手を触るだけじゃなくて恭野のお尻《しり》に下腹部が当たってるし、恭野のお尻は小さいし、ちょっとヤバいんじゃないか？

「私も、体が熱いんです」恭野は囁《ささや》くように言った。「胡桃沢さんのクッキーを食べた時から……。先生もきっとそうですよね？」

「……」

「先生、クッキーのせいで熱が出て、胡桃沢さんに変なこと言ってましたけど……、私はわかってますよ？　先生が悪い人じゃないってこと」

「……」

「世の中に、悪い人なんていないいんですから……」

「……きょ、恭野!!」

「はい？」

俺は、ぎゅっと恭野の手を握ってしまった。

恭野は小さく悲鳴をあげて包丁を落とした。驚《おどろ》いたような表情を浮《う》かべて、こちらを見つめた。

その瞬間《しゅんかん》——恭野の水晶《すいしょう》みたいな瞳《ひとみ》と目が合った。

俺は息を呑《の》んだ。恭野もまた言葉を失っている。目を逸《そ》らした恭野の顔がほんの少し朱《しゅ》色《いろ》に染まって、やがてごまかすような笑いに変わった。

「せ、先生……っ！　こ、これじゃあ力加減がわかりませんよ！」

「そ、そうか！　すまんな」俺は慌《あわ》ててごまかした。

「な、なな、なんだか、部屋が暑いですね！　……って、クーラー付けたら良かったんですね！」そう言って、恭野はリモコンの取り付けられた壁《かべ》の方向へと駆《か》け出した。

「おお、ありがとう！　是非《ぜひ》、そうしてくれ！」

「……きゃっ」

恭野は慌てていたのか――本日二度目の悲鳴をあげて前のめりに転んだ。胡桃沢が床《ゆか》にこぼしていた魚の切り身を、うっかり踏《ふ》んでしまったらしい。

「うう……」

恭野はお尻をちょこんと上げた姿勢で倒《たお》れ込んでいた。

咄嗟《とっさ》に受け身は取ったようだが、白い足は無惨《むざん》にもイワシまみれになっている。学校指定のスカートはめくれ上がっていて、中からは恭野のふわりとした、雲の模様が入った薄《うす》水色のパンツが見えていた。

うわあ……、パンチラだ。

俺はつい、人類最後の秘境のような恭野のふんわりショーツに注視してしまった。恭野の下着はサイドがリボンになっていて、すその部分に細かな白レースの意匠《いしょう》が入っていた。恭野のお尻を守るための最終防衛線は、前方に向かってわずかに隆起《りゅうき》して、うっすらと恭野の下腹部のラインを透《す》けさせていた。

うう……、なぜだか目が離《はな》せない……。

きっと、この下着を見た不埒《ふらち》な男は俺一人なんだろうな……と思わせるほどに処女度の高い下着がチラ見えした体勢で、恭野は落ち込んだように言った。

「今日の私、駄目《だめ》です……。お魚はさばけないし、転んじゃうし」

独り言のように呟《つぶや》いた。彼女はきっと、パンツが見えていることに気づいていないのだろう。しかし早く立ち上がってくれないと、理性が溶《と》けてしまう。

けれども恭野は落ち込んだまま、座り込んでいた。まあ、考えてみれば教室での恭野は、なんでもそつなくこなすような女の子だったし、こういう、自分がドジをするようなシチュエーションには慣れていないのかもしれない。それだけにショックも強いのだろう。

だが、これでは俺が悪いことをしたみたいではないか。

家庭科部の女の子たちが、にわかに騒《さわ》ぎ始めた。

「もしかしてさ……」

「恭野さん……、先生に変なことされたのかな?」

「そうかもね……。アノ人ってアレっぽいし……」

看過出来ない噂《うわさ》が混じっている。確かにこの状況では、疑われても仕方がない。実際に俺は、現在進行形で恭野の下着から目を離せていないし、ぶっちゃけフォースも屹立《きつりつ》しているし……、あれ、俺か? 俺のせいなのか? 段々と、本当に俺が変なことをしたような気分になってきた。因果の乱れ?

ともかく、あらぬ疑いを晴らすために、落ち込んだ恭野を元気づけてやらなければ。

恭野に「失敗したっていいじゃないか。人間だもの」ということを教えてあげるのだ。

では、どうすればいいだろう。今の恭野は本当にしょんぼりしている。

あっ。

そういえば恭野は――被写体性愛《オータゴニストフイリア》なのだ。いや、確定ではないが、他《ほか》の性癖《せいへき》と比べてみれば確率が高いのも確かだった。ならば、その可能性に賭《か》けてみるのはどうだろうか？

俺はポケットからスマートフォンを取り出した。

そして――恭野を撮《と》ってみた。

「きゃあ！」

恭野が声を上げ、自らのお尻をスカートで覆《おお》った。

ミスった。画角的に恭野のパンツがファインダーに入ってしまった。いかにも、盗撮《とうさつ》しようとして間違《まちが》えて音を鳴らしてしまった人みたいだ。

でも……、今の声。

恭野もちょっと喜んでた？

もしかして、パンツを撮られたことによって喜んでいるのか？　え……変態？　いや、でもあり得なくは……。

恭野のスカートは水気で引っかかっていて、まだパンツを隠《かく》しきれていなかった。俺は
その、日本料理のような玄妙《げんみよう》さで見え隠れする下着にシャッターを切った。

パシャッ。

「きゃあああっ！」

この声——やっぱり、喜んでいる!?

これが、正解……!?

俺は何度も何度も、恭野のスカートの中に向かってフラッシュを焚《た》いた。

パシャパシャッ！　パシャパシャパシャパシャッ！

「せ……、先生！　やめて下さいっ！」

ハハッ……、なんだか楽しくなって来やがったぜ。

パシャパシャパシャッ！　パシャパシャパシャッ！

「きゃー！」

恭野の顔が真っ赤に染まる。奇妙《きみょう》な背徳感があった。

気がつけば、俺のフォースはガチガチの戦闘《せんとう》状態になっていた。女子高生のパンツを撮《さつ》影《えい》してピンコ立ちする俺って、もしかして、変た……いやいや、他人を喜ばせることに熱心な俺は、むしろ善意ある人間の鑑《かがみ》として褒め称《たた》えられるべきだ。俺を題材にした昔話だって作られてもいい（タイトル：とうさつおじさん）。

俺は恭野のスカートの中にスマートフォンをねじ込んだ。

「やめてーーーーーっ！」

「ハーハッハ!!」なぜだろう？　興奮するな。「足を組んでパンツを隠したつもりだろう。だが、俺の手は既《すで》にスカートの中に食い込んでいる！　抵抗《ていこう》しようが無駄《むだ》無駄ァッ！」

「いやーっ」恭野は恥《は》ずかしいのか、両手で顔を隠していた。

「ハハハハーーーッ！」

俺は恭野のスカートの中に顔を突《つ》っ込んだ。さあ、次はゼロ距離《きょり》接写を決めてやるぜ！　と思っていると、恭野に太ももでヘッドロックをかまされた。

「見ないで下さーいッ！」

ぐっ……これは強烈《きょうれつ》だ！

首が絞《し》まって意識が落ちそうだ。見ないでというか、ヘッドロックのせいで逆に俺の顔が恭野の下着に押し付けられるような格好になっていて、顔面全体が恭野の股間《こかん》にめり込んでおり、これ以上ない程《ほど》のガン見状態になっているのだが……。

うう……、パンツのせいで息が出来ない。

色々な意味で天国が見える……。恭野の太もも柔《やわ》らかい……。恭野のパンツ、フルーティな匂《にお》いがする……。温かくて気持ちいい……。

が、女子高生の体力は長くは持たなかった。

俺はなんとか、恭野のやわらかヘッドロック天国から脱出《だっしゅつ》した。よーしこの調子で、恭野をもっと元気づけてやろう。次はパンツの中まで撮ってやるぜ！　と思ったその時。

ガンッ！

鈍《にぶ》い音がした。

脳天がぐるぐると回転するような感覚があって、俺は横方向へとぶっ飛ばされた。

何が起こったのかと思ったら、目の前には息せき切っている恭野がいて、右手にはまな板が、左手には包丁が握《にぎ》られていた。

「ハァ……、ハァ……」

恭野は息をつく。どうやら俺は、恭野の右手の方でぶっ飛ばされたらしい（左手の方でぶっ飛ばされていたら、どうなっていたのだろう？）。

脳震盪《のうしんとう》を起こして横になっていると、恭野の泣くような声が聞こえた。

「……先生っ……。ど、どうしてこんなことを……」

実にメランコリックな発声だ。まるで育ての親に裏切られたかのような声だった。

「い、いや……」俺は気まずくなりながらも答えた。

「どうしてですか？　一体どうして……」

「恭野が、感じてるんじゃないかと思ったから……」

恭野は絶句している。

――あれ？

まさか俺……間違えた？

「恭野が、撮られると感じる性癖なんじゃないかと思ったから……」

「……」

「そういう変態である可能性も……、二％くらいは……」

「……」

恭野は見たくないものを見るような泣き顔をしている。

ダメだ――まともな理由がない。

ミスった。恭野は感じていたわけではなかったのだ。ただ、驚きのあまり悲鳴を発していただけなのである。どうやら俺は、自分でも気がつかないうちに、エロクッキーによって気が大きくなっていたらしい。

「恭野が……、誘《さそ》っているのかと、思って……」

俺は、まるで痴漢《ちかん》で捕《つか》まったおっさんのような言い訳を口にした。そして、自分で思いついたその比喩《ひゆ》を――打ち消す言葉もなかった。

遠くから、パトカーのサイレンの幻聴《げんちょう》が聞こえてきた。

俺は耐《た》えきれなくなって、恭野の腕《うで》を摑《つか》んだ。

「恭野ッ！」俺は必死に叫《さけ》んだ。「恭野も、感じてたよな⁉」

「やめて下さい！」

「感じてたと——感じてたと言ってくれッ‼」

「触《さわ》らないで下さい！」

「ううっ」激しい拒絶《きょぜつ》に俺はびくついた。「ご、ごめんなさい……」

家庭科室は、ミステリードラマの犯人の自白シーンのような静寂《せいじゃく》に包まれていた。

もう——土下座するしかない。

土下座で——土下座で許してもらうしか……。

「先生のこと、信じてたのに……」

恭野は泣きそうな声を出した。

その言葉に心を痛めていると——恭野は、思ってもないことを言った。


「……でも、いいですよ、先生」

「は？」俺はつい聞き返した。

「先生は、私を喜ばせようと思って写真を撮ったんですよね？」

「まぁ、そうだけど……」

「なら私、許せそうな気がします……」

いや、それはそうなのだけど。本当にその通りなのだけど。

なんだろう——この違和感《いわかん》は？

その時、がらがらと音を立てて家庭科室のドアが開き、武蔵野《むさしの》先生がやってきた。

……なぜ、武蔵野先生がここに？

「青木先生から、伊藤先生が心配だから、様子を見に行って欲しいというメッセージがあったのですが……」武蔵野先生が言う。

「……」俺はますます無言になった。

「あったのですが……」

武蔵野先生は戸惑《とまど》ったような表情を浮《う》かべている。たぶん、先生はバッチリ見てしまったのだろう。俺が恭野に行ったセクシャルハラスメントを。

「伊藤先生……」武蔵野先生は重々しく言いかけた。

ヤバい。これはガチ話のトーンだ。クビにされるのでは……。

その時、恭野が俺と武蔵野先生の間に割り込んで、妙《みょう》に明るい声を出した。

「ごめんなさい、伊藤先生は、はしゃぎ過ぎちゃったみたいなんです」

恭野は——泣きながら武蔵野先生にハラスメント被害《ひがい》を訴《うった》えてもいいはずの恭野は、なぜだか俺をかばった。

戸惑う俺をよそに、恭野は続けた。

「武蔵野先生が心配するようなことはないですよ」

恭野はモデルのスナップショットみたいな微笑《びしょう》を浮かべた。

「そ、そうなんですか……？」武蔵野先生は言葉を失っている。

そんなことでごまかせるのかとも思ったが、意外にも武蔵野先生はあっさり懐柔《かいじゅう》されてしまった。きっと普段《ふだん》の恭野の信頼《しんらい》ゆえだろう。

武蔵野先生は豪快《ごうかい》に笑うと、安心したように家庭科室を去っていった。

先生がいなくなると、恭野は俺に笑いかけた。

「さあ、調理実習を再開しましょう。次はパン粉焼きにするんですよね？」

「お、おう」俺は、口の中でもごもごするように答えた。

こうして……あまりにも呆気《あっけ》なく、部活動は再開された。

＊

翌日の朝、青木先生に「次からは、家庭科部の活動には参加しなくていいですよう♪」と、やんわりと戦力外通知を食《く》らった。

一応理由を聞くと、青木先生は「あまり言いたくはないのですが、家庭科部の生徒たちの反感がすごかったんです」という話をしてくれた。

ちなみに、青木先生の言う「反感を覚えた生徒」の中に恭野はいなかった。

元気出して下さい――という先生の言葉を上の空で聞きながら、俺はぼうっと、恭野文《ふみ》香《か》という女の子のことを考えていた。

恭野文香――

特殊性癖《とくしゅせいへき》教室の学級委員。

彼女は被写体性愛《オータゴニストフィリア》ではなかった。でもきっと、彼女は別の歪《ゆが》みを隠し持っているのだ。

俺はなんとなく、そんな気がしてならなかった。

しかし、どんな歪みだろう？　学苑《がくえん》長のプリントを見ても、恭野のものだと思える性癖はなかった。まだ俺が、彼女のことを知らなすぎるのだろうか。

だが、あまり適当な推測はしない方がいいだろう。家庭科室の件で俺は懲《こ》りていた。

そうだ。もっと慎重《しんちょう》に行動しなければ……。

次こそはヤバいことになるかもしれないし――と、俺は自分に言い聞かせた。


その日の放課後、「夜間外出の注意」という名のプリントを作る作業を、全部コピー&ペーストで終わらせていると、十七時半になった。

十七時半は教室を施錠《せじょう》する時間だ。俺は鍵《かぎ》を持って九組に向かう。

九組に着く。放課後は帰宅部の生徒がダべっていることが多いが、さすがに十七時半にもなれば誰《だれ》もいなかった。黒板にあった落書きを消して、黒板消しをクリーナーで綺麗《きれい》にしていると、不意に掃除《そうじ》ロッカーから物音が聞こえた。

ガタゴト、ガタゴト。

ロッカーのスチールが揺《ゆ》れている。

まさか――

……中に人がいる？

えーっと……、閉所性愛《クラストロフイリア》みたいな生徒っていたっけ。いや、学苑長から貰《もら》ったプリントを思い返してみても、閉所を好むような生徒はいなかった気がするな。

……。

退勤間際《まぎわ》に妙な仕事が降ってきたような、嫌《いや》な予感がした。

よく見るとロッカーには鍵がかかっていた。ロッカーの鍵は教師で管理していて、どこのクラスも施錠出来ないようになっているのだが、九組のロッカーのかんぬきには鍵の代わりに指揮棒が差し込まれていて、それがつっかえになって内側からドアが開けられないようになっていた。

「お……おい、大丈夫《だいじょうぶ》か？」

思わず声色《こわいろ》が曇《くも》った。この生徒はロッカーの中に閉じ込められているのだ。声をかけると、ロッカーのきしむ音が更《さら》に強くなった。ロッカーの中にいる生徒が扉《とびら》を押し、俺に気づいてもらおうとしているらしい。

「今助けるからな！」

俺は、中の生徒に聞こえるように大声で言った。

ロッカーに近づくと、ロッカーの周りの床《ゆか》は水に濡《ぬ》れていた。恐《おそ》らく、中の生徒は水浸《みずびた》しになっているのだろう。可及的速《かきゅうてきすみ》やかに助けなければ。

俺は指揮棒を引き抜《ぬ》いた。指揮棒は曲がってしまっていた。これで中の生徒は出られるはずだが、しかし生徒はいつまでたっても出てこなかった。

……出てこないまま、数十秒たった。

なぜだと思って耳をすましてみると、すすり泣きの声が聞こえた。どうやら中にいる生徒は泣いてしまっているようだ。

……やれやれ。

九組には、いじめのようなものは無いと思ってたんだけどなぁ……。

俺は掃除ロッカーを開けた。あまり気が進まない仕事だが、閉じ込められている生徒にはちゃんと話を聞いて、この問題は解決しなければ——と思っていると……。

俺の目に——

思っていたよりも強烈《きょうれつ》な映像が飛び込んできた。


掃除ロッカーの中では、全身びしょ濡れで、全裸《ぜんら》で亀甲縛《きっこうしば》りをされて身動きが取れなくなっている、耳にイヤホンを差し込まれてAVの音声を聞かされている、地味な三つ編み眼鏡の女の子——伏黒祈梨が、ロッカーの隅《すみ》に顔をそむけて泣きじゃくっていた。

第三章

目の前には、信じがたい光景が広がっていた。

時刻は十七時半。二年九組の、人間がひとり入れるほどの片開きの掃除ロッカーの中で、裸《はだか》の女の子が一人、真っ赤なロープで緊縛《きんばく》されていた。

お下げ髪《がみ》に眼鏡の女の子。伏黒祈梨《ふしぐろいのり》が——

初めて見た時のうつむきがちな彼女とは別人のようにはにかんで、羞恥心《しゅうちしん》のあまり体中を桜色に染めながら、俺の視線から逃《のが》れるために太ももをくねくねと動かす無駄《むだ》な抵抗《ていこう》を続けていた。伏黒は潤《うる》んだ瞳《ひとみ》で、許しを乞《こ》うように俺に言った。

「う……、ううう……、助けてくださぁい……」

伏黒は泣いている。

大変だ——どうしてこんなことに。

見れば、伏黒を縛《しば》るロープはロッカー内部の天井《てんじょう》にあるパイプに繋《つな》がれていた。ロープの長さは微妙《びみょう》に足りなくて、そのせいで少女はつま先立ちになっていた。たぶん、それが理由で体勢を変えることも出来ないのだろう。伏黒は、真っ赤なロープが乳房《ちぶさ》の輪郭《りんかく》を象《かたど》るように食い込んだ恥《は》ずかしい状態のまま、後ろを向くことすら出来ないのである。

にしても――大きなおっぱいだ。十六才のくせに発育し過ぎだ。ロープで縛られながらも、尚《なお》も挑戦《ちようせん》的に前方に張り出している。そういえば胡桃沢《くるみざわ》が、伏黒は隠《かく》れ巨乳《きよにゆう》だと言っていたような。これは想像上の世界にしか存在しないと言われる、ロケットおっぱいという奴《やつ》なのでは……。

「イヤホン……」

少女の裸に魅了《みりよう》されていた俺は、伏黒の声でふと我に返った。

「イヤホン……、外して下さい……」

伏黒は涙《なみだ》ながらに訴えた。イヤホンを抜いてみると、伏黒がずっと聞かされていたＡＶの内容がますますクリアに聞き取れた。

……曰《いわ》く。

「お前みたいなおっぱいのデカい不良生徒は、先生がしっかりと指導してやるからな！」

「あん、あぁぁん、あぁん！」

「普段は真面目《まじめ》ぶってるくせにいやらしい生徒だな。『私は悪い子です』と言え！」

「先生！　私は悪い子ですう～～～っ！」

地味でセクシーな生徒を、教師がセ〇クスによって教育する内容だった。

……間が悪すぎる。

地味でセクシーな生徒を見ているこの状況《じょうきょう》では、脳内補完が不可避《ふかひ》すぎる！

「せ、せんせぇ……」

見かけによらず肉感的な体つきをした伏黒が、俺に語りかけた。

「た、助けてください……」

「おう……、今助けるぞ……」

とは言ったものの、偶然《ぐうぜん》耳にしたＡＶのせいで全然頭が回らない。「助ける」って何語だっけ？　英語？　スワヒリ語？

伏黒の裸はなんというか、いやらしかった。胡桃沢のようにスレンダーではないのだが、お腹《なか》の周りや臀部《でんぶ》の所に贅肉《ぜいにく》がついていて逆にエロかった。特にお尻《しり》なんかは捕《と》れたての海老《えび》のようにプリプリで、胸派とお尻派の論争に終止符《しゅうしふ》を打つ核爆弾《かくばくだん》的なエロさが……

って、アホなことを言っている場合ではない。

「伏黒、誰がこんな酷《ひど》いことをしたんだ？」

俺はとりあえず、現状確認《かくにん》に務めることにした。

「……胡桃沢朝日《あさひ》さんです」伏黒は、消え入りそうな声で言った。

「胡桃沢……って、それって本当か？」

俺はつい、聞き返してしまった。伏黒は何度も首を縦に振《ふ》った。

どうして胡桃沢がこんな酷いいじめを？　色々とヤバい女の子であるが、さすがにここまでのことはしなそうではあるが……。

いや、待てよ。

俺は学苑長のプリントに書いてあった、最もポピュラーな性癖を思い出した。

加虐性愛《サディズム》。

胡桃沢が加虐性愛者《サディスト》だとすれば、この状況にも納得《なっとく》が行く。ていうかそれ以外に、納得の行く説明がない気がする。その他《ほか》に、友人を全裸にして亀甲縛りにして掃除ロッカーに放置する理由ってなんだ。マジモンのサイコパスなのか。

ともかく、伏黒の紐《ひも》をほどかなければ。

しかし……。

実に複雑な結び方である。

この紐はどうやってほどけばいいんだ？　確かこれは、亀甲縛りという縛り方だ。ＳＭの趣味《しゅみ》は無いけれど、何度かエロゲーで見たことがあるので知っている。体を這《は》う縄《なわ》の形が亀《かめ》の甲羅《こうら》のように見えるから亀甲縛りと言うらしい。素人《しろうと》目にはどういう構造なのかもわからない。

まぁ……、どんな結び方をしているにせよ、縄には両端《りょうたん》があるはずで、両端からほどいていけばなんだってほどけるはずである。

伏黒の体をジロジロと見る。スケベ心というわけではなく、縄の両端を探しているのだ。ところが、どこを見たって両端らしきものは無い。

「ううう……、あんまり見ないで下さい……」

視姦《しかん》されていると思ったのか、伏黒は言う。

「すまん。そのつもりは無いんだ。ただ、伏黒を助けたくて……」

「わ、わかってます……。でも、男の人に見られるのは初めてで……」

そうだろうな。おまけに、亀甲縛りの状態で見られるなんて、ますます初めてだろう。

「……なるべく見ないようにする。伏黒、後ろを向けたりするか？」

「お、お尻が大きいから、恥ずかしいです……」

そんなに謙遜《けんそん》するな。セクシーな尻だぞ――じゃなくて。確かに伏黒は、立っているだけでいっぱいいいっぱいの状態のようだ。

だが、前に結び目がない以上、背中側に結び目があるはずで――

仕方ない。俺はスマートフォンのバックライトを点《つ》けた。

俺はデリケートな部位を触《さわ》らないよう注意をしながら伏黒の肩《かた》に手を置いた。

うう……、ついに触ってしまった。女子高生の肌《はだ》は張りがあるな……。

それから、身を乗り出して背中側を覗《のぞ》こうとして……。

「うわっ、胸の圧迫感《あっぱくかん》がすごっ」

みぞおちを殴《なぐ》られているような気分になる。跳《と》び箱《ばこ》台みたいな弾力《だんりょく》のあるおっぱいだ。

「痛い痛い痛いっ……！　やめて下さい！」

「伏黒、我慢《がまん》してくれ！　……あ、なるほど」

俺はなんとなくの構造を把握《はあく》する。伏黒は後ろ手で縛られていて、そのロープがロッカーの天井へと繋がれていた。そして天井には、俺がずっと探していた結び目がある。

つまり、天井からロープを外していけば、伏黒の拘束《こうそく》がほどけるんじゃないか？

「おまたが。先生、……おまたが痛いです！」

部位の報告はいいから！

「おまたがーっ！」

俺は亀甲縛りの構造をなんとか把握した。しかし、スラックス越《ご》しに触《ふ》れてしまった伏黒の巨乳と「おまた」発言によって、ＳＡＮ値が四ポイントほど削《けず》れてしまった。

ＳＡＮ値が０になった瞬間《しゅんかん》、俺は邪悪《じゃあく》な性犯罪者になり、社会的に死亡する。

とはいえロープを外すためには、伏黒とますます密着しなければならないわけで――

俺はもう一度、掃除《そうじ》ロッカーのパイプに手をかけた。伏黒の息遣《いきづか》いが聞こえる程《ほど》の密着状態になる。シャツ一枚越しに伏黒の温かい体温を感じる。RPGで毒の沼《ぬま》にブチ込まれた時のように、SAN値がゴリゴリ削れていくのがわかる。

パイプの方が外せたら話は早いのだが、ロッカーと一体になっていてビクともしなかった。ドライバーがあれば外せるのかもしれないが、全裸の伏黒を一人残して、職員室にドライバーを取りに戻《もど》るわけにもいかない。やはり俺がこの手で、ロープを外すしかない。

「伏黒……。ちょっと我慢してくれ」

「わ、わかりました……」伏黒は泣きそうだ。

「よし、行くぞ！」

俺は掃除ロッカーの縁《ふち》に両足を乗せた。俺たちはほとんど抱《だ》き合っているような姿勢になる。俺の理性はもう限界だ。さあ早く、ロープよ外れてくれ！

「せ……、せんせぇ……、痛いです……」あごの下にある、伏黒の濡《ぬ》れた髪《かみ》の毛がぷるぷる震《ふる》える。

「気にするな！　伏黒、頑張《がんば》れ！」

「重いです……、先生、苦しい……」

「あと少しの我慢だ。すぐに助けてやるからな」

「あのお……先生……」

「どうした!?」

「なんだか固くて温かいものが……。私に当たって……、ううう……」

「……それはな」俺はなんとかごまかした。「伏黒が寒いだろうと思って、先生が温めておいたんだ」

「私のためにですか……?」

「そうだぞ」

「どんどん大きくなってきますよ……?」

「天下を統一した豊臣秀吉《とよとみひでよし》は、織田信長《おだのぶなが》の草履《ぞうり》を懐《ふところ》に入れて温めたと言う。それの先生版だな」もう自分でも何を言っているのかわからなくなってきた。

伏黒がもじもじして内股《うちまた》になるので、俺の制御棒《せいぎょぼう》が伏黒の太ももに挟《はさ》まれて前後に擦《こす》られた。制御棒越しに、伏黒のデリケートな部分の感触《かんしょく》を感じる。さながら、下半身が事象の地平面を越《こ》えてブラックホールへと引きずりこまれるような感覚を味わったのだが、俺はなんとか正気を保った。

冷静になるために、なにか萎《な》えるものを思い浮《う》かべよう。

武蔵野《むさしの》先生の筋肉……。武蔵野先生の筋肉……。

武蔵野先生の上腕《じょうわん》二頭筋……。武蔵野先生の大腿《だいたい》四頭筋……。

「ハァハァ、武蔵野せんせぇ……、ハァ……、武蔵野せんせぇ……」

「ちょ……、先生……怖《こわ》いです……。どうして武蔵野先生の名前を……」

「ハァ……、武蔵野ぉ……、ハァハァ……、武蔵野ぉ……」

「目が……、目がイッてますぅ……」

「武蔵野ぉぉぉぉぉぉ……」

パイプにくくりつけられたロープは、悪意を感じるレベルに複雑な結ばれ方をしていた。

しかし、永遠に近い時間伏黒と密着し合っているうちに、なんとかほどくことが出来た。

……ふう。

――これで、ようやく伏黒を助けることが出来た。

と思いきや、そんなに単純な話でもなかった。

パイプの結び目は、あくまで伏黒の腕《うで》とロッカーを結んでいる紐に過ぎなかった。

俺たちは思いの外短かったロープを前に途方《とほう》に暮れた。

伏黒はロッカーから出られたものの、依然《いぜん》として亀甲縛《きっこうしば》りをされている状況には変わりがなかった。

「せ、先生……」

伏黒はロッカーから出て教室の床《ゆか》にへたり込んだ。よっぽど疲《つか》れたのか、ぜぇぜぇと荒《あら》い息を漏《も》らしている。

ずっとつま先立ちをしていたのだし、疲労《ひろう》するのもわからなくもないが、全裸《ぜんら》のまま横になられては困る。大事なところを隠《かく》すためにうつぶせになっているけれど、大きなお尻が丸見えだ。お尻を出した子一等賞って感じじゃないか（どういう感じだ？）。

俺がじぃっと見てしまっていると、伏黒が言った。

「……は、恥《は》ずかしいです……」伏黒は足をバタバタさせるが、手を縛《しば》られているので立てないらしい。「み……、見ないでぇ……」

……うぐう、股間《こかん》の硬度《こうど》が。

伏黒は何度も濡れた床の上で、立ち上がろうとしては転倒《てんとう》する行為《こうい》を繰《く》り返していた。どこか不格好で嗜虐《しぎゃく》心を煽《あお》る光景である。理性が洗剤《せんざい》のＣＭの油汚《あぶらよご》れのように、チョチョイと落ちていくのがわかる。

その時、伏黒の眼鏡が外れた。

眼鏡が無くなった伏黒は、思ったよりも可愛《かわい》らしい女の子だった。

うわぁ――ベタな展開だ。

「うう……、眼鏡、割れちゃいました……」

伏黒はどこか憂《うれ》いをたたえたような女の子だった。困り眉《まゆ》をして、涙袋《なみだぶくろ》がぷくっと膨《ふく》らんでいた。なんだか世界中の不幸が彼女のところに追突《ついとつ》事故を起こしそうな雰囲気《ふんいき》があるのだが、それを引き換《か》えにしてでも守ってあげたくなるような女の子だった。

眼鏡をかけている状態ですらエロティックだった伏黒が、眼鏡をかけていない状態になったことにより、俺は、ＲＰＧのラスボスが第二形態に変わった時のような恐怖心《きょうふしん》を味わっていた。

伏黒は熟《う》れた体を引きずるようにして、壁《かべ》を使ってようやく立ち上がった。

さぁ――第二ラウンドだ。

夕焼けに照らされる伏黒の裸体《らたい》から、俺は二つ目のロープの結び目を探した。明るい場所に移ったからか、伏黒はさっきよりも恥ずかしがっているように見える。

俺は、南無妙法蓮華経《なむみょうほうれんげきょう》、と小声で唱えながら作業を続けた。しかし、一向に結び目を見つけられないでいると伏黒が言った。

「先生……。結び目は……。ここです……」

「ここって、どこ？」

「さっきから先生が、意図的に見ていない部分です……」

「意図的に？」

「そうです……」

そんな場所があるだろうか？　……って、あっ。

ソコですか……。

何もそんなデンジャーゾーンに結び目を置かなくても……。

俺は薄目《うすめ》を開けて伏黒の股間を見た。伏黒の局部を見るだけで、まるでガンマ線バーストをゼロ距離《きより》で食《く》らったかのように頭がクラクラしてきた。

伏黒の鼠径部《そけい》では、お腹《なか》の方から伸《の》びてきた二つ重ねのロープに、背中から伸びてきた二本のロープがぐるぐる巻きにされていた。つまりは四本のロープが密集している状態になっている。背中から伸びてきた方の二本のロープの先端《せんたん》は玉になっていて、お腹の方の二本のロープの狭間《はざま》からチョンと飛び出ていた。

……。

「うう……、恥ずかしいです……」

あんまりにも俺が凝視《ぎょうし》しているので、恥ずかしくなった伏黒が泣きはじめた。

えぇーっと……。

マジ？

本当にやるの？

そこの紐《ひも》を取るということは……、図《はか》らずとも、デリケートな部位に触ることになるのではないか？

ていうか、伏黒はもう動けるのだし、このまま保健室まで歩いていってもらうわけには行かないだろうか？

……って、いやいや。俺はバカなのか。全裸＋亀甲縛りで五階の教室から一階の保健室まで歩かせるって。それは一体どんな露出《ろしゅつ》散歩なんだ。三十年間深く愛し合った恋人《こいびと》同士でさえ、提案した時点で破局しそうな変態プレイである。

となると、俺が紐をほどかなければいけないということである。

俺は天を仰《あお》いだ。俺のSAN値はもう限界だった。このままだと紐をほどく前に、俺は邪悪な性犯罪者に変わってしまう……。

……こうなったら。

俺はスーツのポケットからハンカチを取り出した。それで目を覆《おお》い、教室にあったガムテープでハンカチをぐるぐる巻きにした。

簡易的な目隠《めかく》しの完成である。

「先生、どういうつもりですか……？」

伏黒は不安そうに俺に聞いた。

「これなら、伏黒の裸《はだか》を見なくて済むだろ」

良い方法だと思った。しかし伏黒は不思議がった。

「目が見えないのに、どうやって紐をほどくんですか？」

……あ、そうか。

目を隠すまではいい案だと思ったんだけどな。

「でも、ロープの巻き方は覚えてるから、とりあえずロープに触《さわ》りさえすれば、後は目が見えなくてもなんとかなりそうな気がするぞ」

「そうですか……？」

「それに、伏黒だって年頃《ごろ》の女の子だ。今更《いまさら》ながら、あんまりジロジロ見ちゃいけない気もするしな」

「そ、そうですよね！」

「というわけで」俺は右手を差し出した。「さあ伏黒。俺の右手を、お前の秘部へと案内するんだ！」

「ひ、ひうう……」

……。

なんだか、酷《ひど》く間違《まちが》った行為をしているような気がしてきたが、俺は続ける。

「どうしたんだ？　伏黒。早く俺の右手をお前の秘部に当てるんだ」

「あ……、案内するにしても……、私、手が使えなくて……」

「そうだったな……、じゃあ、スイカ割りの方式で行くか」

「スイカ割り？」

「そうだ」なんだか根本の部分で間違っているような気がしながらも、俺は続けた。「伏黒、指示を出してくれ。お前の局部は一体どこなんだ？　右とか左とかで答えてくれ」

「は……、はい……」

真っ暗な視界の中で、伏黒の嗚咽《おえつ》混じりの声が聞こえた。

「……じゃ、じゃあ……。前でーす、先生」

「よーし、前だな」

俺はゆっくりと前に移動する。目の前に伏黒の存在感がある。

「それで……。その……」

「どうしたんだ？　伏黒」

「あの……、恥ずかしいんですけど……」

「安心しろ。先生には何も見えちゃいない」俺は伏黒をなだめた。「だから恥ずかしがる必要もない。安心してお前の、大切な部分の場所を教えてくれないか」

俺は右手の親指と人差し指で何かを摘《つ》まむような形を作った。後はこの右手をUFOキャッチャー方式で動かせばいいのだ。

伏黒は数秒ほど躊躇《ちゅうちょ》すると、恥ずかしさが極致《きょくち》に達して感情が爆発《ばくはつ》したかのような声で、呂律《ろれつ》も回らず、涙《なみだ》混じりに俺に言った。

「せ、せんせー……、わ、私の、あそこはっ……！　せ、せんせーから見てもっと奥……のぉ、右のぉ、もう少し上です……。う、うう……。どうかあ……、私のあそこを……、せ、せんせーのお気が済むようにい……、お好きにお触り下さいぃ……、ううぅ……」

……。

伏黒はレイプ犯に命令されたセリフを、無理矢理《むりやり》読み上げるかのようにそう言うと、あとはしくしくと泣き始めた。

なぜ伏黒は泣いているんだ……？

また俺は間違えてしまったのか……？

頭に浮《う》かぶ雑念を無視しながら、俺は闇雲《やみくも》に手を動かした。

「やっ、嫌《いや》ですっ！　そ、そこはお尻《しり》っ！」

「すまん、間違えた！」

「そこはダメ！　そこは……、触っちゃダメな場所ぉ！」

……そこで、俺はようやく、完全に逆効果になっていることに気づいた。

ていうか、気づくのが遅《おそ》すぎた。

これは――

エッチな気分にならないために目隠しをしたはずなのに、ただのエッチな目隠しプレイになっている！

伏黒も、そりゃ怯《おび》える！　自分が大変なことになっている状況《じょうきょう》で、「ところで、目隠しプレイでもしないか？」だなんて言われたら、自分のペースに引き込もうとするタイプの変態という感じで、普通《ふつう》の変態よりもタチが悪そうだ。

俺の右手はいつの間にか、伏黒の下半身を蹂躙《じゅうりん》していた。

もちろん――下半身も戦闘《せんとう》態勢である。

まるで、俺に下心があったのだと、肯定《こうてい》しているかのようにデカくなっている！

違うんだ。これは不可避《ふかひ》の現象で――

しかし、肉を斬《き》らせて骨を断《た》つ式に、ようやく俺はロープの両端《りょうたん》を発見した。

ライフはギリギリだ！　ここでキメなければ！

「やっと見つけたぞ、伏黒！　後はこれをほどいていけば――」

「うう……」伏黒は疲労《ひろう》の滲《にじ》む泣き声を出した。「あんまり……、乱暴にしないで下さい……。で、デリケートな部位なので……」

「我慢《がまん》してくれ、伏黒！」俺は、一秒でも早く伏黒を解放してあげたい気持ちで、ここぞとばかりに高速で紐をほどいた。「これがラストスパートだぁーーーっ！」

「だ、だから刺激《しげき》しないで……って」

「うおおおおおおおおおおおおおおおお！」

俺は叫《さけ》んだ。何も見えないながらも、必死にロープを辿《たど》った。

――結果。

「絡《から》まった」

……。

そりゃそうだった。

目が見えない状態で、ロープをぐちゃぐちゃいじっていたら絡まる。

小学生でも予想できる結末だった。

「……せんせい……？」

伏黒は信じられないような声を出している。

「すまんな伏黒。最近気づいたんだが……、先生、ちょっとバカなのかもしれない」

「……あの」

「先生こそ、高校からやり直した方がいいのかもな」

「もしかして先生も動けないんですか？」

「ああ、何をどうしてこうなったのかはわからないが、体全体がロープに絡まってしまってしまって身動きが取れない。おまけに目も見えない」

「……」

まずい、ガチで動けない。

このまま餓死《がし》してもおかしくないレベルで動けない。

おまけに、二十時になったら見回りの警備員さんが来る。

もしも警備員さんが、目隠しをした状態で、全裸《ぜんら》の女生徒と絡まり合っている変態教師を発見したらどうするだろう。

きっと、有無《うむ》を言わさずに、ロープを手錠《てじょう》にチェンジするだろう。

俺はハンカチ越《ご》しに夕焼け空を見つめていた。今日も夕焼けが目に染《し》みるなぁ……。

お母さんに、どう説明しようかなぁ……。

「あのう、先生……。また、固くて熱いモノが当たってるんですけど……」

「……」俺はごまかしの言葉を考えた。「先生の携帯《けいたい》古いから、自然発熱するんだ」

「先生の携帯、さりげなく上下して……、わ、私の体をこすってませんか……？」

「着信だ。着信が来てるんだ」

「先生の携帯のバイブレーション激しすぎですう……」

「インターネットの仲介《ちゅうかい》会社がしつこくて……」

ふと、窓の外から金属バットが硬球《こうきゅう》を叩《たた》く音が聞こえた。

野球部の練習の音だ。野球部は熱心だからこんな時間まで練習しているのだ。よく聞けばユーフォニアムの音も混ざっている。吹奏楽《すいそうがく》部もまだ学校にいるらしい。

正気を失いかけていた俺は、練習の音でようやく我に返った。

「心配するな、伏黒。先生が助けてやるからな」

俺は二十分前と同じセリフを言った。二十分前よりも状況は悪化していた。

「うう……」

伏黒はついに大泣きしてしまった。そりゃそうだ。俺が逆の立場でも泣いている。

＊

一時間くらい頑張《がんば》ってようやくほどけた。

外はもう暗くて、部活動の音も聞こえなくなっていた。

伏黒が元々着ていた制服は持ち去られてしまったらしく、教室のどこにもなかった。俺は裸の伏黒にスーツの上着を着せた。

衣服を貸してもらうために、保健室に向かった。

伏黒は胸元《むなもと》に学生鞄《かばん》を押し付けていた。胸を隠《かく》しているつもりらしいが、おっぱいが大きく張り出しているせいで胸の谷間がちらちら見えていた。それに、そもそもお尻の方は何も隠れていないので、十六才のくせに刺激的なボディはほとんど丸見えだ。

夜の学校には誰《だれ》もいない。ていうか、誰かがいたら変態露出《ろしゅつ》散歩になってしまう。誰にも会わないために、俺たちは早足で廊下《ろうか》を歩いた。

「胡桃沢がやったんだよな？」

俺は念のため確認《かくにん》した。すると伏黒は首を縦に振《ふ》った。

信じられないが、伏黒が言うのならそうなのだろう。胡桃沢が、伏黒を全裸の亀甲縛《きっこうしば》りにして、ロッカーにブチ込んだ張本人――

色々考えていると、保健室に着いた。

既《すで》に保健室は閉まっていた。俺はこっそり隣《となり》の職員室に入り、保健室の鍵《かぎ》を持ってきた。

ドアを開け、電気を点《つ》けると、なんの変哲《へんてつ》もない保健室が広がっていた。

「先生が着替《きが》えを探してくるよ」

伏黒は何も言わずに談話スペースに座った。水気を帯びたお尻がぺちゃりと音を立てた。

俺は部屋を物色した。保健室には新卒用の校内見学で来たきりだったが、手当たり次第《しだい》に着替えを探した。数分して、本棚《ほんだな》の隣の棚からようやくバスタオルと学校指定のジャージを発見して、伏黒に手渡《てわた》した。

「サイズがちょっと大きいかもしれないけど」

伏黒は無言のままこくこくとうなずいた。

伏黒は学生鞄を床《ゆか》に置くと、おもむろに上着を脱《ぬ》ぎ捨てた。張りのある健康的なロケットおっぱいが、ぶるんと明らかになって――

「待て待て待て待て待て」

急に保健室で公開ストリップをし始めた伏黒を、俺は押しとどめた。

伏黒はそのままの状態で五秒ほど静止し、黒い笑《え》みを浮かべた。

「今更《いまさら》恥《は》ずかしがったところで……、何か意味があるんですか……？」

……伏黒？

「もう、先生に見られて恥ずかしい場所は無いですよ……、フフ……」

「え、えっと……」

あれ？　この子壊《こわ》れてない？

どうやら、全裸で亀甲縛りをされた状態で、担任に一時間半ほど裸体《らたい》を弄《もてあそ》ばれた経験は、伏黒の純真な心に重大な傷をつけてしまったらしい。

そりゃそうだ。傷にならない方がおかしい。

「こんなにも恥ずかしい目に遭《あ》ってしまったら、もうＡＶ以外に就職先が無いですよ……。清純学苑《せいじゅんがくえん》のホームページの『主な就職先』の欄《らん》にＭ○Ｔ○ＫＩを書き足してやりますよ」

「お願いだからやめてくれ」

「今なら新宿ア○タ前でも全裸になれますよ……」

「やめろ。笑っていい○もってレベルじゃないぞ」

「笑って下さいよ……」伏黒は凄惨《せいさん》さを感じる程《ほど》のどす黒い笑みを浮かべた。

俺はなんとか伏黒をなだめた。全裸になるならせめてライブハウスにしてくれ。そうすれば、ちょっとパンクロックっぽくてかっこいいかもしれないぞ？　――そうやって伏黒の背中をさすっていると、伏黒はようやく元の素朴《そぼく》な女の子に戻《もど》ってくれた。

「うう……」

そのまま泣き出してしまった。俺は伏黒が脱いでしまったスーツの上着を、もう一度彼女に着せた。

俺は保健室の薄桃色《うすももいろ》のカーテンを手に取り、ベッドの方向を伏黒に示した。

「この中に入れ、伏黒」

着替えろという意味で言ったつもりだった。でも伏黒はますます泣き始めた。

「せんせぇ……。ここまでやっておいて、私の初めてまで奪《うば》おうと……」

伏黒の中では、もう俺は心無いレイパーなんだな――

「違うんだ」俺は必死に弁解した。カーテンを閉めるジェスチャーをする。「こう」

「うう……、股《また》は、私が広げるんですか……」

「お前、被害妄想《ひがいもうそう》強くないか？」俺はあごの先をくいくい動かした。「こうだって」

「先生のモノを、お掃除《そうじ》までするなんて……」

もう駄目《だめ》だ。

俺は、なんでもエロに結びつけたがる中学生のようになってしまった伏黒にバスタオルとジャージを押し付けると、無理矢理《むりやり》ベッドスペースの中に押し込み、カーテンを閉めた。

そうすると、伏黒はようやく俺の言いたかったことを理解してくれたらしく、カーテンの向こうから衣擦《きぬず》れの音が聞こえ始めた。

しばらくして、伏黒はジャージを着た状態でベッドスペースから現れた。ズボンのサイズがワンサイズ大きいので、下がってこないように両手で支えていた。胸元は相変わらず発育の良いおっぱいに押し出されている。まだまだ刺激的な格好だが、全裸だった時と比べれば随分《ずいぶん》とマシだった。

「……迷惑《めいわく》かけて、すいません」

伏黒はしおらしくなっていた。どうやら着替えているうちに落ち着いたようだ。

「いいんだよ、担任の仕事だから」

「固くて熱い携帯を、上下する仕事ですよね」

「……」

「教え子の秘部を愛撫《あいぶ》する仕事――」

「胡桃沢がやったんだよな」

俺は話を逸《そ》らすために聞いた。伏黒は躊躇《ためら》いがちにうなずいた。

「はい……」伏黒は目を合わせてくれなかった。「先生には、もう隠し事なんてしたって仕方ないですもんね……。全裸で目隠《めかく》しプレイもやらされましたしね……」

伏黒はチクチクと俺を責めてくる。

「私、小学生の時からずっといじめられてたんです……。その時は、同じ小学校だった胡桃沢さんが、むしろ守ってくれる立場だったんですけど……。でも、中学二年生になった時から、今度は胡桃沢さんが私をいじめるようになって……」

「はぁ」俺は聞いた。「きっかけとかはあったのか？」

「きっかけは、特になかったと思うんです。でも、胡桃沢さんは、中学生になって徐々《じょじょ》に女の子らしくなっていったのに、私はずっとこういう感じでしたから……。たぶん、それが不満だったんじゃないかって思うんです……。最初はいじられているだけだったのに、段々いじめっぽくなっちゃって……。今では——」

「亀甲縛りで教室のロッカーに放置されるようになった——ということか」

「ですね」

ですね、じゃねーよ。

さすがにエスカレートし過ぎだろ、という気もした。

しかし、いじめているのはあの胡桃沢だ。性的な方向にエスカレートするのも考えられるのかもしれない。

「先生って、私の体を弄びましたよね……」

「まあ、不可抗力で……」

「不可抗力《ふかこうりよく》でもなんでも。私、男の人に体を触《さわ》られたのは初めてだったんですけど……」

伏黒はぶつぶつと呟《つぶや》きながら、右手で、十六才の純潔と同じくらい重そうなおっぱいを支えていた。

「最近、胡桃沢さんのいじめがどんどん激しくなってるんです。あの人、私に性経験が無いことを面白《おもしろ》がって、今度私に……援交《えんこう》、させるとか。童貞狩《どうていが》り、させるとか。乱パに出させるとか、言ってまして……」冗談《じょうだん》だろ、と笑えないのが辛《つら》かった。「も、も……、もしも私が、やりたくもない人に、初めてを捧《ささ》げることになるのなら……」

伏黒はそこまで言って俺の目を見た。なにかを決心した表情だった。

「先生が、責任持って私の初めてを、貰《もら》って下さい……」

……。

「はぁ？」一瞬《いっしゅん》、思考が停止した。

「わ、私だって嫌《いや》ですよ……」伏黒は取り繕《つくろ》った。「私、初めての相手は、心の底から好きな人が良かったし……。先生は控《ひか》えめに言ってかっこよくないし……、どさくさに紛《まぎ》れて変態プレイをしてきそうだし……、休日とか、ニコ動に荒《あ》らしコメントを書き込んでそうだし……。口が臭《くさ》そうだし……」

「俺にどんなイメージを持っているんだ？」

「こういうイメージです」伏黒は着々と俺の傷を抉《えぐ》った。「初体験の時だって、先生は変なことをしちゃ駄目ですよ？　なんなら挿入《そうにゅう》以外は全部禁止です。先生は両手両足を縛《しば》られたまま、黙《だま》って私の処女膜《しょじょまく》を破ればいいんです……」

「それはそれで、逆にエロいような気もするんだが……」

「女子高生の処女膜破り機にでもなったと思って下さい」

「どんなマッドサイエンティストが作った機械なんだ」

「『転生したら女子高生の処女膜破り機だった件』ですね。……早速《さっそく》トラックに轢《ひ》かれてきましょう」

「そんな理由で高校教師が自殺したら、全国ニュースになるだろ」あれ。伏黒まだ怒《おこ》ってる？「……ていうか、どうして伏黒はそんなことを言い出したんだ？　さっきまで、俺のことをあんなにも毛嫌《けぎら》いしてたのに」

「い、今でも嫌いですよ……」

「ならどうして」嫌いだと断言されてしまった。

「だって……、私、初めてを見知らぬ変態の援交おじさんに奪われたりするの、絶対に嫌なんです……。だって、初めてって大事じゃないですか。今後、えっちをするたびに思い出しちゃったら嫌だし——それなら私にとって、取り返しのつかない存在になってしまった先生に、なし崩《くず》しで奪われちゃった方がいいと思うんです……」

「なんだそれ」

「もちろん、えっちはしますけど、おっぱいを揉《も》んだりするのは禁止ですからね……」

そう言っている伏黒には、破れかぶれのエロさがあった。

もちろん、ヤらせてもらえるなら、ありがたくヤらせて……ってアホか。

それに、伏黒が言っている内容には全然納得《なっとく》出来なかった。なんだか、百万円奪われるのが嫌だから五十万円あげる、みたいな話じゃないか？　デスゲーム物の漫画《まんが》で、一人しか生き残れないから他《ほか》の奴《やつ》らを全員殺す、みたいな究極の選択《せんたく》である。伏黒は混乱しているのではないか？

「悪いが伏黒、その頼《たの》みは聞けないな……。俺は教師だし、そもそもいじめがそこまでエスカレートする前に、止めるのが俺の仕事だと思うし……」

「あの、先生」

伏黒は不機嫌《ふきげん》に言い放った。

「こんな言い方は悪いかもしれないですけど……、てめえ、どの口が言ってるんですか？」

あれ、怒ってる？

……伏黒ちゃん？

「おい、伊藤《いとう》」

「はい」呼び捨てにされてしまった。

「私は、先生に傷物にされたんですよ」

「傷物って、そこまでは……」

俺は苦笑《くしょう》した。でも伏黒は容赦《ようしゃ》なく続けた。

「傷物ですよ。だって……、先生は全裸《ぜんら》で亀甲縛《きっこうしば》りにされた私をジロジロと舐《な》め回すように見た後、私の股間《こかん》に熱い物体を擦《こす》り付けながら同僚《どうりょう》の男性教諭《きょうゆ》の名前を絶叫《ぜっきょう》して、おまけに目隠しをして自分の手をあそこに誘導《ゆうどう》させる言葉責めを行った後、私のあそこを好き放題に蹂躙《じゅうりん》して、挙げ句の果てに自分の体と私の体をロープでくりつけて、熱い携帯電話《けいたいでんわ》を本能のままに前後させて、更《さら》に一時間ほど私の体を弄《もてあそ》んだんですよ……」

うわあ、客観的に聞くとただの変態だ。一刻も早く逮捕《たいほ》してやりたい。

「伏黒……金か？　金が欲しいのか？」

「先生の手垢《てあか》の付いた小汚《こぎたな》いお金なんて要《い》らないです……」伏黒は控えめながらも、きっぱりと俺の提案を断った。「先生にここまでされた私が、この程度の条件で許してあげるって言うんだから……、先生からすれば願ったり叶《かな》ったりじゃないんですか……？」

「そうかもしれないが……」

「先生は、私と付き合うくらいならお金を払《はら》うってことですか……？」

伏黒は泣きそうになる。高圧的になるのか卑屈《ひくつ》になるのか、はっきりして欲しい。

俺はなんとか伏黒を説得にかかった。

「伏黒、お前だけにはこの秘密を明かそう。質問コーナーの時、先生は自分のことを『童《どう》貞《てい》じゃない』と言っていたが、実は先生は童貞で――」

「知ってますよ」

「え、バレてた？」

「あんな受け答えをされたら、誰《だれ》だってわかりますよ……。それに、今日の先生の対応、童貞を超《こ》えた童貞王って感じでしたし……」

ちょくちょく言葉責めをするのは止《や》めてくれないだろうか。

「で、童貞王の先生、用件はなんですか？」

「お、おう……」舐められてるのかな、俺。「先生もお前と同じように性経験が無いから、初体験を大事にしたいっていう伏黒の気持ちはわかるんだ。俺だって初体験は、大和撫子《やまとなでし》子《こ》みたいな女の子としたいと思ってるし……」

「先生、それは無理で……」

「黙れ小僧《こぞう》」つい語気が強くなった。「ともかく、お前の気持ちがわかる俺だから、お前の初めてを奪《うば》うことなんて出来ないんだよ」

伏黒は黙ってしまった。俺の方を見ずに、足の親指でリノリウムの床《ゆか》をつついていた。

「じゃあ先生は、どうやって今日の罪滅《つみほろ》ぼしをするんですか……？」

「……」

「死ぬんですか……？　逮捕ですか……？　慰謝料《いしゃりょう》払いますか……？　それとも女子高生の処女を奪いますか……？」

その四択《たく》なら、女子高生の処女を奪って済ませたいが……。

俺はなんとなく重圧のようなものを感じながらも、五択目の答えを告げた。

「……俺が胡桃沢に言って、いじめを止めさせるよ」

俺はふと、胡桃沢のことを思い出した。

俺のことを慕《した》って――というかいじり腐《くさ》って――くれた彼女。

滅茶苦茶《めちゃくちゃ》な奴だし、ビッチとしか思えないし、魔法《まほう》のジンジャークッキーを家庭科室で作ったりもするけれど、性格が明るい彼女。

俺には、どうにも彼女が悪い人間だとは思えなかった。

胡桃沢は確かに加虐性愛者《サディスト》かもしれない。でも、いじめを止めてくれと俺が頼めば、止めてくれるんじゃないだろうか。なんて――あまりに楽天的な考えかもしれないけど……。

伏黒は不安そうに俺に聞いた。

「先生に、それが出来るんですか……？　だって、先生って胡桃沢さんに舐められてますよね」

「うっ」

「ひょっとすると、身体的にも舐められているのかも……」

「安心しろ伏黒。それは無い」

「私は、胡桃沢さんがいじめを止めてくれるとは思わないです……。だって、もう三年間もいじめられてるんですよ……」伏黒はため息をついた。「でも、……今まで、九組の問題に真面目《まじめ》に取り組んでくれる先生はいなかったので……、もし、本当に取り組んでくれるなら、それはそれで嬉《うれ》しいです……」

伏黒はそう言ってはにかむと、わずかに口角を上げた。ひょっとすると、笑ってくれたのかもしれなかった。

笑ったのか笑っていないのかがわからないほどに短い間の後、伏黒は元の不幸な表情に戻《もど》った。

「まぁ、タイムリミットが来れば、私は先生と二人で、童貞と処女の共食いをすることになるんですけどね……」

「共食いか……」なぜだろう。妙《みょう》に説得力のある言い方だった。

それから伏黒は、ずり下がるズボンを押さえながら帰って行った。

嵐《あらし》が過ぎ去ったような感覚があった。

伏黒が帰った後も、俺はしばらく保健室のベッドに横になってぼーっとしていた。

伏黒のいじめのこと――それから、伏黒をいじめているという、胡桃沢のことについて考えていた。

じっくり考えていると、ふと思い出した。

そういえば、教室の施錠《せじょう》をするのを忘れていた。伏黒があまりに刺激《しげき》的だったので、閉め忘れていたのだ。警備員さんが来る二十時に鍵《かぎ》がかかっていないと、面倒《めんどう》くさい小言を言われてしまう。

俺は起き上がると、再び九組に向かった。

その時の俺は、その後に起こる出来事を予想していなかった。

些細《ささい》なことのように見えて……、大切だったかもしれない、あの出来事を。

後から考えてみても——あの時、彼女があの場所にいた理由が、俺にはさっぱりわからなかったのだ。

＊

十九時半。

保健室を出ると、冷気が俺を襲《おそ》った。夜の学校には廃墟《はいきょ》めいた空気が漂《ただよ》っていた。普《ふ》段《だん》は人がいる場所に人がいないというのは、なんとも落ち着かないような気分になる。

静かだった。廊下《ろうか》にある非常灯が、ジジジとショートしている音さえも聞こえる。

保健室のある一階から九組のある五階まで、えっちらおっちら階段を上っていくと、五階の廊下に人が立っていることに気づいた。

瞬間《しゅんかん》、俺は心臓が止まりそうになった。

　なんでこんな場所に人がいるんだ。ひょっとして幽霊《ゆうれい》――なんてバカなことを考えていると、そこにいたのは恭野《きようの》だった。

「び、びっくりしました……」恭野はカッターシャツの胸元《むなもと》をくしゃりと握《にぎ》っていた。その手は汗《あせ》ばんでいる。「先生だったんですね。幽霊かと思いました」

　どうやら恭野も同じことを思ったらしい。恭野の白い肌《はだ》は桃色《ももいろ》に染まっていて、夜の背景も相まって、小さなぼんぼりに明かりが灯《とも》ったように見えた。

「俺も驚《おどろ》いたよ。恭野はどうしてこんな時間に学校にいるんだ」

　調理実習での一件以来、恭野とは気まずかったのだが、なるべく表情には出さないようにした。

「忘れ物を思い出したんです」

　恭野は普通《ふつう》に答えたが、俺はその返答を不審《ふしん》に思った。

　……忘れ物？

　忘れ物をしたとして、こんな時間に取りに来るものだろうか？　そんなに緊急《きんきゆう》で必要なものだろうか。明日《あした》、小テストがあるのに教科書を学校に忘れたとか？　明日提出の宿題があるとか？　……なんて思いはしたのだが、あまり深くは考えないことにした。

「先生こそ、教室に何の用ですか？」

「先生は教室の鍵を閉めに来たんだ。二十時までに閉めないと小言を言われるからな」

と言いながら部屋の中を見て――絶句した。

どう見たって高校の教室に不似合いな、禍々《まがまが》しい麻縄《あさなわ》が転がっていた。

机や椅子《いす》が派手に倒《たお》れていたし、教室の半分ほどが、伏黒と絡《から》み合った時の影響《えいきよう》で濡《ぬ》れていた。

教室の状況《じようきよう》を一言で言い表すと「事後」という感じだった。

後片付け忘れてた……。

「ち、違《ちが》うんだ、恭野」俺は後ろで見ている恭野に言い訳をした。「違う。これは違う……、違うっていうか、先生は何も知らないんだ、本当に」

誤魔化《ごまか》そうとしているのか知らんぷりをしようとしているのか、中途半端《ちゆうとはんぱ》な対応をしていると、恭野は口を開いた。

どうしてこんな物が落ちてるんでしょう？　――なんて言って、話を合わせてくれるわけでもなく、
そして……床《ゆか》に落ちていた麻縄のことにも、水浸《みずびた》しになった教室のことにも触《ふ》れず、代わりに恭野はこんなことを俺に聞いた。

「先生は、特殊性癖《とくしゅせいへき》教室のことが好きですか？」

何かの聞き間違《まちが》いかと思った。でも、確かに彼女はそう言った。

「……？」

「……特殊性癖教室」

俺は戸惑《とまど》いながらも、聞き返した。

そういえば、生徒から「特殊性癖教室」という単語を聞いたのは初めてだった。一応、名目上はその名前を知らないはずなのだ。とはいえ、四年間も同じクラスメイトに囲まれているのだし、どこかで気づいていても不思議ではないだろう。ただでさえ、恭野は勘が鋭《するど》そうな女の子だし。

「たぶん、好きだよ」

俺はなんとなく答えた。特に考えた上での返答ではなかった。

「それって、本当ですか？」

恭野は真面目な声で聞き返した。もっと真剣《しんけん》に考えて欲しいと言っているみたいだった。

俺は反省して口を開いた。

「……ごめん。まだ、好きだとか嫌《きら》いだとか言える段階ではなかったかもしれない。でも、少なくとも悪い気持ちを持ってないことは確かだよ」

俺はなるべく真摯《しんし》に答えた。すると恭野はうなずいた。

恭野はどうして、こんなことを聞くのだろう。

ていうか、なぜ恭野は、麻縄と濡れた教室に驚かないんだろう。

忘れ物を取りに来たのなら、俺よりも先に教室に入っていたはずだよな？　だとすれば、こんな怪《あや》しい状況に対して、少しくらいは思う所がありそうなものだけど。

でも恭野は妙にノーリアクションのまま、俺に第二の質問をした。

「じゃあ特殊性癖教室のこと、気持ち悪いって思ったりしますか？」

「……どういう意味だ？」

「そのままの意味です。九組の生徒たちは、みな特殊な性癖を持っています。盗撮魔《ピーピングトム》の薔麦《そば》くんは、女生徒のパンツを撮《と》るのが趣味《しゅみ》です。機械性愛《メカネロティスム》の不悪句《ふあっく》くんは、変態的な発明をするのが趣味です。胡桃沢さんの性癖は知りませんが、たぶんアブノーマルでしょう。埋葬性愛《タフエフィリア》の土之下《つちのした》くん。火炎性愛《パイロフィリア》と、刺青性愛《スティグマトフィリア》を持った女の子。そして、ひょっとするともっと苛烈《かれつ》な性癖を持っているかもしれない私——そういった生徒たちのことを、気持ち悪いって思いますか？」

「……」

恭野はそう言って微笑《びしょう》を浮《う》かべた。普段と同じ顔をしているはずなのに、その表情にはどこか凄《すご》みがあった。

完全犯罪みたいな笑《え》みを浮かべる彼女を前にして——俺はふと思った。

特殊性癖教室の生徒たちは、みな特殊性癖を持っている。

そんなことはもちろん知っている。でも、実際に特殊性癖を持っている生徒の口から、その話をされたのは初めてだった。

無意味にこんなことは言わない。恭野は意図を持って言っているのだ。

だから——この質問は、大切な質問なのだ。

恭野は俺を試《ため》そうとしているのだ。彼女は俺が、特殊性癖教室の担任として適任かどうかを聞いているのだ。

とはいえ、あれこれ考えたところで、恭野の求める答えが出来るとは思えなかった。なので俺は、せめて正直に答えようと思った。彼女には、前にも嘘《うそ》を言って見抜《みぬ》かれたことがあるからだ。

「九組の生徒が気持ちが悪いかどうかは……俺にはなんとも言えないよ」

少女の顔は、教室の明かりに照らされてゆらりと揺《ゆ》れていた。

「でも……さっきも言ったけど嫌いじゃないし、それどころか、羨《うらや》ましいとも思ってるよ」

「──羨ましい、ですか？」

恭野は目をぱちくりさせた。

「うん。俺には、人目もはばからずに追い求めたい性癖なんて無いからだよ」なぜだか、恭野の顔が見られなかった。俺は顔を伏《ふ》せる。「ドノーマルだし……、盗撮《とうさつ》なんてしなくてもネットで調べればいいじゃんって思うし。エロ漫画《まんが》でもＡＶでも、友達が薦《すす》めるものを好きになるタイプだし。そもそも、性癖どころか、何かに打ち込んだこともあまり無いし。中学・高校・大学と、部活もサークルも真面目《まじめ》にやってなかったし」

「……」

「でも、特殊性癖教室の奴《やつ》らって、何かに打ち込んでる感じはするよな。だから俺よりはずっとマシなんだろうなって思う」

俺はつい饒舌《じょうぜつ》になった。目の前の女の子に、どうしてこんなことを話しているんだと思ってしまうくらいに。

「本当のことを言うと──俺は、教師になる気もなかったんだよ」

打ち明け話をしたつもりだったが、恭野は特に気にするでもなく、猫《ねこ》が水を浴びたような顔をしていた。

「ここだけの秘密だぞ？　情けないことに、就活に失敗して、学苑長《がくえん》であるうちのおじいちゃんに入れてもらったんだよ」

「……」

「でもさ、俺は教師になったことを、今になっても全然後悔《こうかい》してないんだよ。それはきっと、お前らといるのが楽しいからだと思う」

恭野の表情が、少しだけ変わった気がした。

「九組は、いい意味でも悪い意味でも、退屈《たいくつ》しない教室だと思う。お前らが性癖を持っていようがなんだろうが、そんなことは関係なく俺の生徒だし……。だから――俺は、お前らのことが――ちょっと、好きだと思う」

恭野は、聞きたいことを聞いたという面持《おもも》ちで、静かに言葉を切り出した。

「……わかりました」恭野は人差し指を立てた。「じゃあ、先生のこと……、チェックさせてもらってもいいですか？」

「チェック？」

「そうです。先生が本当に、特殊性癖教室の担任に相応《ふさわ》しいのか、それをチェックする宿題を出させて下さい」

生徒が先生に宿題を出すなんて初めて聞いた。恭野は目を細めて厳しげな表情を――比《ひ》喩《ゆ》を付けるならば——教師みたいな表情を浮かべた。

「私の出す宿題はこうです。伏黒さんのいじめ問題を解決してくれませんか？」

「伏黒の？」どんなことを要求されるかと思ったら。

その問題ならば、言われなくても解決するつもりだったので——丁度いいと思った。

でも少しだけ、不思議な感じもした。

というのも恭野からは、伏黒がいじめられていることに対する、心配とか憐憫《れんびん》とか怒《いか》りとかそういう感情が読み取れなかったからだ。

恭野らしくない淡白《たんぱく》さを奇妙《きみょう》に思いつつも、俺は恭野の宿題を了承《りょうしょう》した。

恭野はぺこりとお辞儀《じぎ》をして、教室を後にした。

その時……。

俺は目の前の女の子に、最初から最後まで嘘をつかれていたことに気づいた。

恭野は手ぶらだったのだ。

ならば、忘れ物の話は全《すべ》て嘘だったことになる。じゃあ、どうして恭野はこんな時間に教室にいたのだろう？

なんて思っていると、まるで俺の思考が念波で恭野の頭に到達《とうたつ》したかのように、彼女は階段の手前で振《ふ》り向いた。

そして——どこか愉快《ゆかい》そうな、いたずらを思いついた子供のような笑みを浮かべた。

「さて……先生がどういう宿題を提出するのか、楽しみにしてますよ？」

第四章

週明けの朝、ホームルームのために少し早めに教室に行くと、入り口の所に恭野《きょうの》と宮《みや》桃《もも》が立っていた。

「あ、伊藤《いとう》先生」

恭野は上品な笑みを浮かべた。

「せんせー、文香《ふみか》ちゃんっておじんくさいんだよー」宮桃は相変わらず、リーゼントのような寝癖《ねぐせ》がついていた。「毎朝、青汁《あおじる》飲んでるんだって。信じられないよー」

「青汁は健康にいいんですよー、宮桃ちゃん」

女子高生らしい、どうでもいい会話をしている。「友達が青汁を飲んでいる」というだけで、宮桃は世界で一番面白《おもしろ》いギャグを聞いているみたいにケラケラと笑っていた。

「もー、宮桃ちゃんはいつも私を変なキャラにするー」

そんな二人を見ていると、まるで、先日の出来事が夢だったように感じられた。目の前の恭野からは、夜の学校で見た大人びた空気が消えていた。

でも確かに俺は、恭野と話したのだ。

その時チャイムが鳴った。教室に入ろうとする宮桃を横目に、恭野は一度だけ振り向いて共犯者のような目線をくれた。

＊

胡桃沢《くるみざわ》は遅刻《ちこく》していた。お昼になっても登校していなかった。

その日の伏黒《ふしぐろ》は眼鏡をしていなかった。そのせいで、伏黒は困り眉《まゆ》をした上品で幸《さち》の薄《うす》そうな美少女に見えた。こんな女の子がいじめられているなんて信じがたいが――いや、不幸を呼び寄せる空気はあるので五分五分だろうか。

授業が終わり、俺は近くの席の女子に「可愛《かわい》くなったね」と話しかけられて、何も言えずにあわあわしている伏黒に声をかけた。伏黒は俺を見た瞬間《しゅんかん》、びくんと体を跳《は》ねさせた。

「こ……、こんにちは……、先生……」

伏黒は身を守るように猫背《ねこぜ》になった。猫背のくせにおっぱいは大きく張り出しているので、なんだかおっぱいの重力に負けている人のように見える。もしくは、おっぱいに生気を吸われている人のように見える。おっぱいが本体というか。体が死んでもおっぱいが残っていれば復活するというか。

「なにか困ってることはないか？」

先日のことが気になっていた俺は、伏黒に聞いた。

すると伏黒は唇《くちびる》を震《ふる》わせながら、俺の目を見ずに言った。

「特に無いです。強《し》いて言えば今、先生に話しかけられていることくらいで……」

「……」

「なんて……、冗談《じょうだん》ですよ……」

そう言ってから伏黒は、その冗談が俺の機嫌《きげん》を損《そこ》ねていないか気になったらしく、チラチラと様子を窺《うかが》っていた。なんだかコミュ障っぽいコミュニケーションである。

昼休みになっても教室にいる俺は目立っていたが、話している相手が伏黒ということもあり、「浮いている生徒を気にしている教師」のようになって、あまり気にされてはいなかった。

伏黒は、昼食の弁当を取り出した。

弁当は、擦《す》り切れすぎて白色に近づきつつあるハンカチで包まれていた。どうやら戦隊モノのハンカチのようだが、ボロ過ぎて人間が描《えが》かれていることしかわからない。不憫《ふびん》な伏黒によく似合う、不憫な感じのするハンカチだった。

「これ……、昔、弟が使ってたハンカチなんですよ……」

「へえ、だから戦隊モノなのか。じゃあ伏黒はお姉ちゃんなんだな」

「まぁ弟には、メス豚《ぶた》って呼ばれてますけどね……」

俺はそれ以上、弟について質問はしなかった。

伏黒は、色がかすれ過ぎて恐怖《きょうふ》映像のようになったキャラクター物の弁当箱を開けた。

中には梅干しとゆかりご飯の入った、シブい弁当が入っていた。

「梅干しもゆかりご飯も、嫌《きら》いなんですよね。でもお母さんが嫌《いや》がらせするから……」

「……」

「弟も、ホントは義理の弟なんですけど――」

「伏黒、胡桃沢の件なんだが」

俺は、これ以上伏黒の日常生活を見てしまうと悲しい気持ちになりそうだったので、すぐに本題に入ることにした。

伏黒は黒目がちな瞳《ひとみ》で俺を見上げた。こうして見ると美少女なので恥《は》ずかしかった。

「も……、もしも、お前が胡桃沢に何かをされても……、先生が守ってやるからな」

俺はちょっと照れくさくなりながら言った。目の前の生徒が不憫で、少し大きなことを言いたくなったのだ。

伏黒は俺の言葉が意外だったらしく、照れたように頰《ほお》を赤くして、声を潜《ひそ》めた。

「先生は、女生徒の胸を揉《も》みしだくだけの先生じゃないんですね……」

「お前、あと一デシベルでも大きな声でそれを言ったらキレるぞ」

「で……、でもちょっと嬉《うれ》しかったです」伏黒はほんのりと頰《ほお》を赤くした。「私――先生のことが、ちょっとだけ……」

その時だった。伏黒の言葉の続きを聞く前に、教室の後ろから恥ずかしげもない大声が聞こえた。

「寝坊《ねぼう》しちゃった！　おっはよーっ！」

途端《とたん》に伏黒が肩《かた》を震わせた。見なくてもわかる。胡桃沢の声だった。

胡桃沢は俺を見つけると嬉しそうに近寄ってきた。

「ああーっ、どーてーせんせー♡　なんで教室にいるのー？」

胡桃沢は相変わらず、「ぼくのかんがえたさいきょうのビッチ」を体現したような格好をしていた。ひょっとすると、バカには見えない服を売りつけられたバカなんじゃないかと思ってしまう。そのレベルだ。

なんでっていうか、一言で言うとお前のせいなのだが……。

俺は加虐性愛者《サディスト》の疑いがある女を一階の生徒指導室まで連れて行った。

「わー、せんせーにレイプされるー♡」

胡桃沢は廊下《ろうか》を歩いている間中、ずっとそんなことを叫《さけ》んでいた。人聞きが悪いから止《や》めなさい。

胡桃沢と二人で、生徒指導室に入る。悪いことをした人間が連れ込まれるはずの部屋なのに、胡桃沢は非日常感が楽しいらしく、目をキラキラさせていた。机の上にある観葉植物を見て「この木、前より育ってるー」と軽口を叩《たた》いている。どうやら前にも来たことがあるらしい。

ソファに座り、胡桃沢と向き合った。えーっと、何から話せばいいだろう？「お前はサドなのか」って聞くのか？（合コンか）胡桃沢から香水《こうすい》の匂《にお》いがして、なんだか集中出来ないな……。関係ないけど足閉じろ。はしたないぞ。

「胡桃沢。聞きたいことがあるんだが」

「はーい、わかりました！」

どうやら、何も言っていないのにわかったらしい。これが以心伝心という奴《やつ》か。

胡桃沢は立ち上がると、不意にカッターシャツのボタンを外し始めた。

「待て待て待て待て待て」俺は全力で引き止めた。

「え？　ヤらせて欲しいんだよね？」胡桃沢は困惑《こんわく》している。

「お前は間違《まちが》っている」

「代わりに、ブランド物のバッグだよね？」

「どこの世界に、生徒指導室で援助《えんじょ》交際を迫《せま》る教師がいるんだ」

　胡桃沢は残念そうにソファに座った。しかし、外したボタンを留めることはしなかった。誘《さそ》っているつもりだろうか？　脳の容積が減ってしまうので止めて欲しいのだが……。

　俺がどう聞くべきかを考えていると、胡桃沢が言った。

「せんせー、祈梨《いのり》にちょっかいかけてるよね？」

「へ？」

　先制攻撃《こうげき》をされた気分だった。まさか胡桃沢から伏黒の話をされるなんて思わなかった。

胡桃沢からすれば、いじめなんて後ろめたい話じゃないのか？

「昨日交換《こうかん》ノートで、祈梨が変なこと言ってたんだ。せんせーが私のいじめを止めようとしてるって」

　交換ノートって、こいつら小学生みたいなことしてるな――って。

「そう、それだ！」俺はつい身を乗り出した。「お前、伏黒に酷《ひど》いことしてるだろ」

「もしかして、私をここに呼んだのって、それが理由？」

「そうだよ」なんとなく話が噛《か》み合っていない気がするが、俺はうなずいた。

そう言うと、胡桃沢はケラケラ笑った。ブラジャーで支えられた胸が揺《ゆ》れている。

「せんせーはよっぽど祈梨のことが好きなんだね。祈梨の友達としては嬉しいけど……、でも私、祈梨のこと渡《わた》さないよ」

「は？」渡すとか渡さないとか、そういう問題なのか？

「せんせーが祈梨のことを好きになればなるほど、私は祈梨のことを、もっと激しくいじめちゃうからね」胡桃沢はそう言って嗜《し》虐《ぎゃく》的に笑った。

あれ？　これは、考えうる限り最悪のパターンではないか？

教師が介入《かいにゅう》したばかりに、いじめが激しくなるパターンだ。この展開、インターネットのいじめ体験談で何度も見たぞ。俺は不用意なことをやってしまったんじゃないか？

「じゃあ、私から宣戦布告。祈梨は絶対にせんせーに渡さないから！」

胡桃沢はそう言って銃《じゅう》を撃《う》つ真似《まね》をすると、衣服を直して生徒指導室を出て行った。

……。

なんだかよくわからないが、状況《じょうきょう》が悪化した気がした。

もうわかんねえ……女子高生わかんねえよ……と思いながら、俺はしばらく、生徒指導室の切れかけの電灯を眺《なが》めていた。

＊

事前に予告があったように、その日から、胡桃沢のいじめはどんどん激しくなった。

胡桃沢は、人を苦しめる仕事というものが存在したら（テロ組織の拷問者《ごうもん》とか）若手のホープになれるんじゃないかと思うくらい、様々ないじめを考案した。

事例その一。

火曜日の休み時間、学校で伏黒を見かけると、彼女は痛々しげに足を引きずっていた。

「うう……」

「どうしたんだ、伏黒！」

「胡桃沢さんの命令で、十六センチの上履《うわば》きを履《は》かされてるんです……」

なんという陰険《いんけん》ないじめだろう。古代中国の纏足《てんそく》じゃあるまいし。

「でも大丈夫《だいじょうぶ》です……。『初めて私の体を触《さわ》ったのは先生だった』という心の痛みを思えば、これしきの痛みくらい乗り越《こ》えられますから……」

「その乗り越え方はやめて欲しいが……」

「じゃあ、『学校でまともに話せる相手が先生しかいない』で乗り切ります」

「悲しいものを重ねるのはやめろ！」

マイナスにマイナスを掛《か》けてもプラスにはならないぞ……。

「そんな上靴《うわぐつ》、脱《ぬ》いじゃ駄目《だめ》なのか？」

「脱いだのがバレたら、胡桃沢さんに怒《おこ》られます。私の上履き、隠《かく》されちゃったみたいですし……」

「うーむ」俺が助けてやるしかないか。

俺は廊下を走って保健室に行き、替《か》えの上履きを借りた。少しサイズが大きいが、小さいよりはマシだろう。

教室に戻《もど》ると授業が始まっていた。ドアの窓から中を覗《のぞ》くと、武蔵野《むさしの》先生が英語の授業をやっていた。

「はい。ここでの what は名詞節ですね。名詞節を筋肉で喩《たと》えると、単体でも美しさを発揮する腹筋と言うべきでしょうか……」ボディビルみたいなポーズを決める。

「わかりにくいよー」宮桃が頭をかきむしっている。

伏黒は馬鹿《ばか》正直にも、小さな上履きを履いたままだった。前の席に胡桃沢がいるので、怖《こわ》くて脱ぐことも出来ないのだろう。

仕方ない。

俺は教室のドアを開けて、英語の授業に乱入した。

「ど、どうしたんですか、伊藤先生」武蔵野先生は慌《あわ》てているのか、腹筋があべこべな方向に動いていた。

「すいません武蔵野先生。緊急《きんきゅう》の用事があるので」俺は伏黒の席へと駆《か》け寄った。「伏黒。大きな上履きを持ってきたぞ。これに履き替えるといい」

「せ、せんせい……」

伏黒は注目を浴びて泣きそうになっている。あれ？　さすがに授業中に入るのはやり過ぎだったかな。

「足が痛くて、上履きが脱げません……」おまけに伏黒はそんなことを言った。

「なんだと……。じゃ、じゃあ先生が靴を脱がせてやるからな」

俺は授業中にもかかわらず、伏黒の靴を脱がせにかかった。

闖入《ちんにゅう》者が生徒の上履きを脱がせ始めるというシュール過ぎる状況に、教室では失笑《しっしょう》に似た笑いが沸《わ》き起こっていた。

「シンデレラだー」宮桃が、ケラケラと笑っている。

伏黒の足は真っ赤になっている。焦《あせ》りのあまり手が滑《すべ》って、上履きのゴム紐《ひも》を派手に伏黒の足に打ち付けてしまった。

　バチィンッ！

「きゃっ、痛いですぅ！」

「す、すまん！」もう一度バチィンッ!!

「ううっ！」

「つ、次こそは」バチィンッ！

「スパンキングやめてえ！」

　教室は笑いに包まれた。何を俺は状況を悪化させているのだ。俺は一旦《いったん》集中して、囃《はや》し立てる生徒たちを見ないフリをして、黙々《もくもく》と上靴を外した。

　見ないフリというか……。

　気がついたら何も見えなくなっていた。

　周囲が夜のように暗くなっている。

　あれ？　俺は十二時間くらい伏黒の靴を脱がせていたのか？　と思ったが、もちろんそんなことは無くて、俺は集中のあまり、伏黒のスカートの中に頭を突《つ》っ込んでいた。

　頭の上に、柔《やわ》らかい感触《かんしょく》を感じる。

　うわあ……、女子高生のスカートの中、今月二回目なりぃ……。

「すまん伏黒」しまった。客観的に見たら、俺は授業中に突然興奮して教室に乱入した挙げ句、女子生徒のスカートの中に顔を突っ込んだエキセントリックな変態みたいだ。

「ううう……」

「わざとじゃないからな」

「先生……」

いつの間にか教室は静まり返っていた。どうやら俺の奇行《きこう》が、笑えるレベルを超《こ》えてしまったらしい。

みんなは白けた目で俺を見ている。そんなお地蔵さんみたいな目で俺を見ないでくれ。

こ、こういう時は……、どうフォローすれば……。

「みんな、俺は伏黒のパンツよりも、もっとすごい物を見たことがあるからな！」フォローしようとして、わけの分からないことを言ってしまった。

「安心して下さい。伊藤先生は疲《つか》れているだけです」武蔵野先生は正しくフォローをした。

武蔵野先生に追い出されるようにして、俺は九組を出た。

「あと、先生は変態じゃないから、その点よろしくな！」

叫ぶだけ叫んで教室を出た。ＰＴＡに垂れ込まれたらどうしよう。

胡桃沢のいじめ。事例その二。

水曜日。九組で、またも板書が右上がりになることを生徒にいじられながら物理の授業をしていると、不意に携帯《けいたい》のバイブ音が鳴った。

ブゥゥゥーーーーーーーーーン。

どうやら誰《だれ》かの携帯が鳴っているらしい。それも引き出しの中に入っているらしく、金属がかき回されるような音がした。

「誰だー、一体」

俺は板書の手を止めた。くすくすという笑い声が広がる。

犯人探しをしようとして、ふと気づいた。

ひょっとすると、これも胡桃沢のいじめの一環《いっかん》なのではないか？

チラリと伏黒を見た。すると伏黒は真っ赤になっていた。どうやら伏黒の引き出しの中の携帯電話が、胡桃沢によって鳴らされているらしい。

また、しょーもない羞恥《しゅうち》プレイを考えたものである。

しかし、どうしようかな。ここで俺が伏黒を指摘《してき》してしまうと、胡桃沢のいじめをサポートしているような感じになってしまうし。

かと言って、鳴りっぱなしというわけにも……。

……ていうか。

この音、中々鳴り止《や》まないな。

そもそも、携帯の音ってこんなに連続的だったっけ？　もっと小刻みにブブブブブ、ブブブブブ、と鳴るものではないだろうか。こんなふうにブゥゥゥーーーンって、まるで特定の部位をいじめるマッサージ機のように鳴るものだろうか。

ていうかこれ――、本当に携帯なのか？

「ムムムムム！　これは、バイブレーターの音でござるなっ!!」

停学明けの蕎麦《そば》くん（髪《かみ》の毛がないので、カツラ装着）が、みんなが気づいていてあえて言わなかったことを、「拙者《せっしゃ》が初めて気づいたでござる」とでも言いたそうなドヤ顔で叫《さけ》んだ。いるよな、こういう奴《やつ》。

「だ、誰かがバイブを鳴らしているでござるぅ～～～～っ！」

だから言わなくていいんだって！

伏黒の顔が真っ赤になり、ほとんど泣きそうになっている。ああ、やっぱり伏黒の引き出しの中でバイブレーターが鳴っているのだ！

「バイブが！　バイブが！　この中に、バイブを授業中に鳴らしている変態がいるでござるよーっ!!」

「うう……」

伏黒はうなだれている。胡桃沢はニヤニヤと笑っている。まずい。このまま伏黒の引き出しの中からバイブレーターが出てきたら、十六才の乙女《おとめ》の心に、また一つトラウマが増えてしまう！

こうなったら――

「俺だ!!」

俺は叫んだ。

叫びながらも――自分が間違《まちが》ったことをしてしまっている感覚があった。

「俺だ、俺なんだ!!　せ……、せ、先生のバイブレーターなんだ!!」

俺はヤケクソで叫んだ。でも、状況《じょうきょう》を悪化させただけだった。

女生徒たちは驚《おどろ》いたような顔をして俺を見ている。

「せ、先生のバイブレーターですか!?」

「先生、どうして学校にバイブレーターを持ってきてるんですか!?」

「伊藤先生ってもしかして……」

「へ、変態ーっ……!?」

「違うんだ、これはだな」しまった。引かなくてもいい貧乏《びんぼう》くじを引いてしまった。「今日はつい、家を出てから装着しっぱなしで……」

「せんせー……。そういう趣味《しゅみ》を持った男の人がいることはなんとなく知っているけれど、女子高生の前で言うことじゃ……」宮桃がドン引きしながら俺を諭《さと》そうとした。しかしその時、面白《おもしろ》がった胡桃沢がバイブレーターの出力を上げ、ブイイイーーーーンという威《い》勢《せい》のいい音が鳴り始めた。「うえぇーん！ せんせーが私の声を聞きながらバイブの強さを『強』にしたぁーっ！」

宮桃は「せんせーにとって私はオカズだったんだぁ……」と言いながら泣いていた。

隣《となり》の席の恭野は宮桃を慰《なぐさ》めつつも、痴漢《ちかん》に向ける目で俺を見ていた。

まずい、このままでは伏黒のいじめを止める前に、俺が懲戒《ちょうかい》されてしまう——かと言って、伏黒がバイブを持っていることをバラすわけにも行かないし……。

こうなったら最終手段だ！

「ご……、誤解させたな。今のは先生の小粋《こいき》なジョークだ！」俺はそれとなく伏黒の引き出しからバイブレーターを取り出すと、スーツの中に隠した。「先生はバイブレーターを持っていない。本当にバイブレーターを持っているのは」

そう言って、さりげなく蕎麦くんの引き出しの中にバイブレーターを入れた。

「お前だーーーーーーーーっ！」

「ええっ、拙者ーーーーーーっ！」

その時バイブレーターが、蕎麦くんの席からものすごい勢いで転がり落ちてきた。

「あ、あれぇーーーーーっ？　どうして拙者の机の中にバイブレーターがーーーーーっ！」

女生徒たちが怒《いか》りの声をあげる。

「やっぱりお前だったのかよ！」「停学しても全く反省してねーな‼」「ぶっ殺す！」

再びタトゥーマシンの音が鳴り始めた。手が早い女生徒たちが蕎麦くんに殴《なぐ》り掛《か》かる。

「か、怪奇《かいき》現象でござるぅ〜〜〜〜〜〜〜っ！」

俺は流れ弾《だま》を避《さ》けるために教壇《きょうだん》の中に隠《かく》れた。すまん蕎麦。今日のはお前が以前、俺に濡《ぬ》れ衣《ぎぬ》を着せようとしたことの報《むく》いだと思ってくれ。

耳をふさぎたくなるような殴打《おうだ》の音の中で、蕎麦くんが言う。

「でも拙者……、最近ちょっと、女性に殴られるのが気持ちいいでござるぅ〜〜〜〜〜〜〜〜。あはぁぁ〜〜〜〜〜〜〜〜〜〜〜♡♡♡」

蕎麦くんは艶《つや》やかな息を漏《も》らしている。ほっ、良かった。不幸になった人間は誰もいなかったらしい。


事例その三。

水曜日の午後。伏黒の体操着の紐が切れていた。そのせいで伏黒は、パンモロの恐怖《きょうふ》に怯《おび》えながらソフトボールをすることになった（抵抗《ていこう》むなしくパンモロした）。

事例その四。

木曜日。伏黒がノーパンで登校させられた。仕方なく、俺が近隣《きんりん》の服屋まで女性物のパンツを買いに行った（店員に、変態を見る目で見られた）。

事例その五。

金曜日。胡桃沢の命令で、伏黒が蕎麦くんに告白した。俺は蕎麦くんに「伏黒は、無理《むり》矢理《やり》言わされただけなんだ」と聞かせたが、勘違《かんちが》いしたままのような気がする……。

そんなこんなで様々な事件があったのだが、これが最後の事例である。

金曜の放課後。

時々忘れがちになるが、清純学苑《せいじゅんがくえん》は進学校である。そんなわけで、その日は放課後講座と題して、近隣の大学教授の方が授業をしに来た。

タイトルは「タンパク質の設計の医療《いりょう》への応用」。

実に眠《ねむ》そうなタイトルだ。自由参加なので、誰も参加しないだろうと思っていたら、意外にもたくさんの生徒が来た。真面目《まじめ》な生徒が多いらしい。

俺は講堂の入り口で、生徒に資料を渡《わた》す係だった。

参加者には恭野と宮桃がいた。講座の直前になって——一般《いっぱん》生徒の中では一際《ひときわ》目立つ、胡桃沢、女島《めしま》、伏黒の三人が受付にやってきた。

「お前ら、なんでここにいるんだ？」

つい聞いてしまった。すると胡桃沢は笑った。

「せんせーひどーい。私はよくタンパク質を放出させてるよ？」

「それを医療に応用する気はないだろ」

一番後ろを歩いてきた伏黒が、助けを求めるような目で俺を見ている。

わかってる……わかってるって。


放課後講座でいじめをされるかも——という話は、事前に伏黒から聞いていた。

その日、帰りのホームルームの後の教室掃除《そうじ》が終わって、五階の職員用トイレで放尿《ほうにょう》していたら、突然《とつぜん》後ろから肩《かた》を叩《たた》かれた。

「うおおっ」

思わずおしっこのコントロールを失い、ズボンに引っ掛《か》けてしまった。何をするんだ。おしっこは繊細《せんさい》な作業なんだぞ。電子回路工作とかアーク溶接《ようせつ》ばりに——と思っていると、後ろに伏黒がいた。

「ご、ごめんなさい……」

伏黒は両手を重ね合わせて、もじもじしていた。

「先生の背中が見えたので……、つい、入っちゃいました……」

「ついって……」

にしても、アグレッシブ過ぎるだろ。なんでこいつ——男子トイレに。

はっ。

「お、お前まさかアレか！　援交《えんこう》おじさんに処女を奪《うば》われるくらいなら、俺に処女を奪わせるというアレなのか……っ！」

そうか、ついにタイムリミットが——

「ち、違います！　だとしても、学校のトイレで頼《たの》みませんよっ！」

伏黒は泣きそうな声で怒《おこ》った。そ、そりゃそうだよな……。

「……せ、せめて、柔《やわ》らかい布団《ふとん》がある場所で……」

そう言って恥《は》じらう伏黒は可愛《かわい》かった。可愛かったからなんなんだ、俺よ。

伏黒は両手を絡《から》め合わせながら、パニックに陥《おちい》ったかのようにまくし立てた。

「先生……。もう限界です……。胡桃沢さん、きっと放課後講座でも私を恥ずかしい目に遭《あ》わせると思うんです……」

「何かするって言われたのか？」

「言われてないですけど……、胡桃沢さんは私を辱《はずかし》めるのがだーい好きなサド野郎《やろう》なので、学校中の人たちが一堂に集《つど》う放課後講座を見逃《みのが》したりはしないと思うんですよ……」

「確かにな……」

ここ数日で、俺も胡桃沢のやり口をある程度把握《はあく》していた。

学校中の人たちが一堂に集う——か。

そうか、よく考えたら、放課後講座は特殊性癖《とくしゅせいへき》教室の生徒が、一般の生徒と関《かか》わる数少ない機会なのだ。講義中は学校中の教師が九組の生徒を警戒《けいかい》するに違いない。そんな日に派手ないじめをやられたら、伏黒だけじゃなくて俺の立場もヤバいかもしれないぞ……。

「これ以上辱められたらＡＶ女優……、これ以上辱められたらＡＶ女優……」

伏黒は余裕《よゆう》の無さすぎる独り言を漏らしている。

「こっそり帰っちゃったりしたら駄目《だめ》なのか？」

「そんなことをしたら、後でもっと酷《ひど》い目に遭わされますよ……」

伏黒はそう言って縮こまった。こんなことを言ってはいけないのだが、伏黒が引っ込み思案であることも、胡桃沢のいじめがエスカレートする原因のような気もする。

勇気を出して反撃《はんげき》すればいいのに……、と思わなくもなかった。

放課後講座で胡桃沢たちは、講堂の一番後ろの席に座っていた。

胡桃沢とその一行は、その風貌《ふうぼう》もあって目立っていた。最後列なのも手伝って、彼女たちの周りにはエアポケットのような空席が出来ている。

ちなみに胡桃沢の列の一番端《はじ》っこに、恭野と宮桃が座っていた。恭野にはあらかじめ、伏黒の様子を見ていてくれるように頼んである。

そして講義が始まった。

「はい、私は清純《せいじゅん》市立《しりつ》大学でタンパク質の研究をしております。タンパク質というのは、生命のプログラムコードと言われるものでして……」

俺は受付から、こっそりと中の様子を窺《うかが》っていた。入り口は最後列のそばにあるので、監視《かんし》するには好都合だった。

講義が始まって十分ほど経《た》っても、伏黒が辱められている様子はなかった。

三十分ほど経っても動きがなかった。俺はつい、あくびをしてしまった。

宮桃が寝落《ねお》ちして鼻ちょうちんを出した頃《ころ》、動きがあった。

伏黒が席を立ったのだ。

伏黒は何をする気なんだ――いや、胡桃沢は伏黒に何をさせる気なんだ。伏黒は姿勢をかがめて、先生たちに気づかれないように二列前の席に移動した。

二列前の席には、一人の男子生徒が座っていた。

見たことのない生徒だ。いや、ギリギリ見たことがあるかな。九組の生徒ではないことは確かだ。二年一組か二組の、確か増田《ますだ》とか増山《ますやま》とか舛添《ますぞえ》とかそういう名前の……、ともかく印象に残らない生徒だった。

増田くん（仮）は一人で、じっくりとタンパク質の話に聞き入っていた。……ていうか、放課後講座を一人で聞くっていうことは——もしかしてぼっちなのだろうか？　言われてみれば、背が低くて自己主張の苦手そうな生徒である。伏黒はそんなぼっち男子の下《もと》へと歩いて行った。

そして、その隣に座った。

周囲にはたくさん空席があるので、さすがに増田くんも妙《みょう》だと思ったようだ。客観的に見れば美少女である伏黒の方を、童貞《どうてい》らしい落ち着きのなさでチラチラと眺《なが》めていた。

恭野が何かを言いたげに俺を見た。「行け」と言われているような気がした。

俺は受付を放《ほう》り出して講堂の中へと入った。

伏黒の長い髪《かみ》の毛が、増田くんの膝《ひざ》に落ちていた。そんなに近づいたら増田くんが匂《にお》いだけで絶頂するんじゃないかと心配してしまうくらいだ。よく見ると伏黒の耳には白のイヤホンが差し込まれていて、たぶんそれで胡桃沢に指令を聞かされているみたいだった。

耳を澄《す》ますと、静かな講堂なので、わずかに伏黒の声が聞こえてきた。

「ねぇ……、あなたは……、名前なんて言うんですか……？」

「お、岡村《おかむら》です……」あ、全然増田じゃなかった。

「岡村くん……、お、女の子に触《さわ》ったこと……、あります——か？」

「な、無いです……」

「じゃ……じゃあ」伏黒は半分泣いていた。「優《やさ》しくて、い、淫乱《いんらん》な女の子である、私が……、岡村くんの、初めての女の子になってあげますね……♡」

——あいつ、何を言わされてるんだ。

純真な岡村くんの顔は真っ赤になった。伏黒も羞恥《しゅうち》で赤くなっている。なんだかエロティックな表情だ。純朴《じゅんぼく》な少年であれば顔を見るだけで射精してしまうのでは——いや、俺か？　俺が絶頂しそうなだけなのか？　俺基準で物事を語りすぎだろうか。でも、高二の俺だったら直ちに絶頂していたと思う。二回ほど。

岡村くんは童貞喪失《そうしつ》モノのAV男優ほどの素直《すなお》さで、伏黒に触られるがままになっていた。たぶん彼は目の前の女の子のことを、根っからの天然由来の痴女《ちじょ》だと思っているのだろう。岡村くんの頭の中にはきっと、「退屈《たいくつ》な毎日を送っていたら、僕だけのエッチな天使に出会いました」みたいな、エロ漫画《まんが》みたいなモノローグが流れていたことだと思う。高二の俺だったら流していると思う。

「な……、撫《な》で回してあげます……」

伏黒はそう言って岡村くんの制服を撫でた。岡村くんのフォースは素直にびくんと跳《は》ねた。それに合わせて、伏黒が「うう……」と泣いた気がする。男の子の体を能動的に触るなんて、ひょっとすると伏黒の人生にとっても初めてだったかもしれない。初めてを奪った岡村くんは恍惚《こうこつ》としている。伏黒はそろーっと、動物園で象に触る時のように、ズボン越《ご》しに岡村くんのフォースに触《ふ》れている。

「ふ、伏黒……」

俺は小声で囁《ささや》きながら、二人のそばに駆《か》け寄った。岡村くんの方が外側に座っていたので、岡村くんサイドから伏黒に語りかけた。

でも伏黒は反応しなかった。

「う……、ウフフ……、可愛い……、お、おち○ちんですね……」

伏黒は素直にイヤホン越しの命令に従っていた。

どうやら伏黒は恥ずかしさのあまり周りが見えておらず、俺がいることに気づいてないらしい。そして岡村くんも快楽に耐《た》えていて気づかなかった。不思議な状況《じょうきょう》だ。透明《とうめい》人間になったような気持ちである。

「伏黒……っ！　おい……！」

すこし大きな声で話しかけた。でも二人は全く気づいていなかった。

もう少し大声で叫《さけ》んでやれば気づいてくれるかもしれないが、それは伏黒の痴態《ちたい》を講堂中に喧伝《けんでん》することにもなってしまうので、さすがに躊躇《ちゅうちょ》した。

だが、こうしている間にも伏黒が岡村くんのフォースに触っている時間が一秒また一秒と延びていき、そして同時に、伏黒の尊厳も一グラムまた一グラムと減っていき、行き着く先はＡＶなので、早く止めてあげなければならない。

ふと前の方の席を見ると、岡村くんのクラスである二年一組の担任が、岡村くんの様子を不審《ふしん》に思ったらしく、こっちの方へと歩いてきていた。まぁ確かに、遠目に見たって隣《となり》の少女と近づきすぎなことくらいはわかるだろう。さすがに他《ほか》の先生に見つかるのはまずい。もう手段は選んでられないな。早く大声で叱《しか》ってこの場を収めて……。

「つ……、次はぁ……」

伏黒はエッチな女の子の物真似《ものまね》を続けている。

「い、いのりお姉さんが……、じ、直《じか》で、触ってあげるからね……」

直!?

（既《すで》に色々とK点を越《こ》えている感じはあるが）直は問題があるだろ！

俺だって触られたことな――いやいや！

伏黒に直に男のフォースを触らせるなんて、胡桃沢はなんてサディスティックないじめを考えるんだ。やっぱあいつ、前世はスパイに精神的な拷問《ごうもん》とかやってたんじゃないか？

「こら！　伏黒、おい！」

俺はついに大声を出した。

しかし伏黒はもう聞いていないみたいだった。無理矢理《むりやり》イヤホンをむしろうとしたが、首にイヤホンが引っかかって抜《ぬ》けなかった。伏黒は恥ずかしさのあまり、「無我の境地」――ていうか「ヤケクソ」に突入《とつにゅう》していた。伏黒は岡村くんのチャックに手をかけた。

「お、岡村くん！」

「ハ、ハイッ！　ありがとうございます、祈梨お姉さま！」

駄目だ。岡村くんの方は、筆おろし物のAVに出てくる素人《しろうと》みたいになってる――

こうなったら力ずくで……。

そう思って俺は、岡村くんの肩《かた》をぐいっと掴《つか》んだ。

しかし慌《あわ》てていたせいか、俺の体も勢いのままよろけてしまった。

するりと体が滑《すべ》って、いつの間にか俺は、岡村くんの膝の上に座ってしまった。

「チャック下ろしますね……」

なんだこの、入れ替《か》わりマジックは——

伏黒は俺のチャックを下ろした。

ま、まずい……、岡村くんの代わりに俺の、フォ、フォースが全開に……。

……恥《は》ずかしい！

「先生っ⁉」

伏黒はようやく異変に気づいたようだ。しかし、事態は既に取り返しのつかない段階にまで進行していた。

伏黒にチャックを全開にされた俺のズボンからは、岡村くんのよりもずっと大きいであろう、二十二才のフォースがこんもりと露出《ろしゆつ》していた。

「きゃっ、きゃ——————うぷっ！」

「叫ぶな伏黒！」

まずい、こんな所を見られては。

放課後講座中に女子生徒の前でフォースを露出している所を見られては！

間違《まちが》いなく懲戒《ちようかい》だ。さすがに言い逃《のが》れが出来ない。

だって——出てるんだもん！

出ちゃいけないものが、出てるんだもん！

伏黒は口を塞《ふさ》がれてびっくりしたのか、反射的に俺のフォースを握《にぎ》った。うぐうっ、握りが強い！　で……、でもそれも気持ちいいかもな……、って、俺は何を。

いつの間にか伏黒のイヤホンは外れていた。伏黒は怯《おび》えながら俺に言った。

「せ……、せんせぇ……、な、なんか大きくなってますよぉ……」

「生理反応だ！　気にするんじゃない！」

「なんか、むくむくって……、ネズミさんみたいに……、うう……」

まずい……、こんな所を誰《だれ》かに見られては今日中に留置所に――

と思って、チラリと前方を確認《かくにん》すると……。

すると――意外にも、二年一組の先生は元の場所へと戻《もど》っていた。

ひょっとすると、俺が伏黒を叱っている声が聞こえて、自分の代わりに俺が指導をしてくれたとでも思ったのかもしれない。

実際には俺は、伏黒にアソコを摑まれているだけだし、あなたの生徒である岡村くんは、俺の尻《しり》の下に潰《つぶ》されているけど……。

岡村くんは、まさか美少女の指が俺のケツに入れ替わるとは、今世紀最大のパネルマジックを食《く》らったような気持ちになっているかもしれない。

「うう……」

岡村くんは唸《うな》った。さっきまで伏黒にあそこを触られていたからか、こんもりとフォースが大きくなっていた。それが俺の尻に挟《はさ》まれている。きっと、これが伏黒のケツだったら良かったのにと思っているのだろう。だが残念ながら俺のケツだ。

しかし――これは好都合だ。

(気持ちいいのが好都合なのではなく)現在、講堂にいる誰ひとりとして、俺たちの3Pを気に留めていないのが好都合だ。

ともかく、一旦《いったん》落ち着くまで、この体勢で待とう。

――なんて余裕《よゆう》をこいていると、第二の刺客《しかく》が現れた。

「ねー、何してるのー？」

宮桃が、空気を読まなすぎる大きめの声で語りかけながら、こちらに歩いてきた。

お前――さっき寝《ね》てたじゃないか。なんて悪いタイミングでこちらに語りかけてくるんだ。それも講堂中の注目を俺に集めながら。

「ん……、なんか、祈梨ちゃんとせんせー、……変な状況になってない？」

まずい、このままこちらに来られては。

俺の膨《ふく》らんだ陰部《いんぶ》によって、宮桃の目を汚《けが》してしまう――

ていうか俺のフォースが、伏黒の手の中で温められているところが見られる。体勢はともかくフォースだけは隠《かく》さなければ。しかし、宮桃は講堂の中だというのに走りながらこちらに近づいてくる。ヤバい……。もうズボンの中にフォースを収納する時間がない。

かくなる上は——

かくなる上は！

「ふ……、伏黒！」俺は、俺の下半身に乗っかる格好になっている伏黒に囁いた。「俺のアソコを隠してくれ！」

「隠してって……、うう……、も、もう隠せませんよぉ。先生のアソコ大きくなりすぎて、チャックの中に入りませんし……」

「頑張《がんば》ってくれ。方法はなんでもいいから、このままじゃ宮桃に見られる！」

「方法はなんでもいいんですか!?　じゃ、じゃあ……」

フォースが温かい感触《かんしょく》に包まれるのを感じた。

「はむっ……」

のような声を伏黒が出した。

!!

おいおいおいおいおいおいおいおいおい！

——その隠し方は、逆に色々悪化してるだろ！

うぐう……、気持ちいい……。

いや……、でもいいのか？　一応隠れてるのか？

……ああ、伏黒の口の中温かい……。

「むう……」伏黒は声にならない声を漏《も》らしている。

「あれ、祈梨ちゃん体調悪いの？」

宮桃は俺の席の後ろに立っていた。

俺はフォースを伏黒に咥《くわ》えられながらも、伏黒の頭をぐっと下の方へと押さえつけていた。客観的に見れば、体調の悪い伏黒を俺が看病しているように見えるだろう。実際はイ○マチオをしているだけなのだけど。

「ああ……。先生の膝《ひざ》の上で休んでもらってるんだ」

「へー」

「だから宮桃も静かにしてあげてくれ。そして出来ればすぐに去ってくれ」

「じゃあ、なんでせんせーは男子生徒の膝の上に乗ってるの？」

あ、そうだ。岡村くんのことを忘れていた。

岡村くんは俺の体が重いらしくて、宙を向いてふーふーと息を漏らしていた。

「あ、ああ……、なんでだろうな……」

俺はケツで岡村くんの体をガッチリと押さえつける。お前、絶対に今立ち上がったりするんじゃないぞ。今お前が腰《こし》を浮《う》かせると、純真な宮桃に同級生のフェ○チオを見せつけることになるんだ。心優《やさ》しい岡村くんは、それがどんなに邪悪《じゃあく》なことか、わかってくれるよな。

「ふーん……、なんか、せんせーたち怪《あや》しいね」

ぎくっ。

怪しいっていうか、こんな体勢の三人がいたら怪しくないわけがなかった。

「さては……、せんせー、祈梨ちゃんとデキてるな？」

デキてるっていうか、デそうって感じだが……。

宮桃は俺の椅子《いす》の背もたれを手に取ると、何を思ったのか前後に揺《ゆ》らし始めた。

「怪しい！　怪しい！　怪しいよ〜〜〜〜〜〜〜〜っ！」

うおお！

そんなことをすれば、フォースが伏黒の口内で！

「む、むが……、むがが……！」伏黒は泣きそうな声を出した。

椅子から落ちそうになった伏黒は、バランスを取るために、ますます俺のフォースに食らいついた。

す、吸われるぅ！

かき回されるぅ！

な、なんだこのプレイ。女子高生にフォースを刺激《しげき》してもらいながら、同じく女子高生に座席を揺らされて、なぜかお尻を男子高校生に刺激されるなんて……！　それも、人がたくさんいる講堂の中で行うなんて……！

頭がフットーしそうだよぉ〜〜〜〜〜〜〜〜〜〜っ！

「伊藤先生、どうしましたか？」

遠くから、武蔵野先生の声が聞こえた。

ハッ、気持ちよくなっている場合じゃない！

気がつけば、講堂は静かになっていた。教授も黙《だま》っていた。どうやら俺たちのせいで授業が中断してしまったらしい。

講堂中の生徒の視線が、俺たちに集まっていた。

まずい……、こんな状況《じょうきょう》でフォースを生徒の口内に挿《さ》し込んでいることがバレれば、三面記事に載《の》ってもおかしくない状態だ。ていうか既に、伏黒の気持ち次第《しだい》では俺はブタ箱に……。

武蔵野先生が、のっしのっしとこちらに歩いてきた。

宮桃は椅子を揺らすのをやめて、ピンと背筋を伸《の》ばして敬礼のポーズになった。どうやら反省の意を表しているらしい。

伏黒と俺は、既《すで》に一戦終えたようなテンションになっていたが、しかし、ぼーっとしている場合じゃない。早く結合を解かなければ。

でも、俺のフォースは過去最大級にデカい状態だった。膨張《ぼうちょう》率が高すぎてズボンに収まる気がしないし、なんならチャックを閉めてもセクハラになるくらい大きかった。さすがにこんな状態で、この状況をやり過ごせるとは思えない。

……。

——そうだ。

武蔵野先生が俺の方にやってきた。

俺はチャックを閉め、岡村くんの膝の上から立ち上がった。

衣服こそ乱れているが、フォースだって落ち着いているし、どこにも怪しい点はないはずだ。

「申し訳ありません、うちの宮桃が騒《さわ》いでいたようで」

俺は頭を下げる。これで——ごまかせるだろう。

「ふーむ」武蔵野先生は怪訝《けげん》そうな表情で、椅子の上に横になっている伏黒を見た。「伏黒は、体調が悪いんですか？」

「ん……、んん……、ん……」伏黒は声が出せないようで、声にならない声を漏らす。

「そうですね。もう口も利けない状態で。僕が保健室に連れていきます」

「ん……、ぷはっ……、んん……」

それから俺は、岡村くんはずっと真面目《まじめ》に授業を聞いていたよ、と嘘《うそ》を言った。

「はぁ……」武蔵野先生は怪しいと思っているようだが、講座中だし、これ以上事を荒立《あらだ》たせる気は無いようだった。「うーん……。では、騒いでいたのは宮桃だけだということですか」

「違《ちが》うよ。伊藤せんせーと祈梨ちゃんが怪しくて――」

「騒いでいたのは宮桃だけです！」俺は大声で宮桃を売った。

「宮桃、ちょっと生徒指導室に来てくれますか？」

「ひゃっ、む、武蔵野先生の、筋肉で喩《たと》えられたわかりにくい説教があ…………っ！」

武蔵野先生は宮桃を米俵でも持つみたいにして肩《かた》の上に乗せると、生徒指導室へと連行した。

ふう……。

助かった。

これで、俺と伏黒の秘《ひ》め事はバレずに済んだらしい。

「ん……、んん……、ん……」

俺は、保健室に連れていくという方便で、伏黒を講堂の外へと連れ出した。入り口の所で、ようやく人の目が無くなったので、俺は伏黒の耳元で囁《ささや》いた。

「……伏黒、もうトイレに行っていいぞ」

すると、伏黒は「ぷはぁ」と言って口を開けた。

その中からは、あるべきものが無くなっていた。


「の……、飲んじゃいましたぁ……」


……。

そこまで言うと、伏黒はぐずり始めた。

「うっ……、うう……、うう……」

俺は無言で、泣いている伏黒に合掌《がっしょう》した。

すまん、伏黒……。

あの状況で、俺のフォースを隠すためには、もうこの方法以外に無かったんだ……。

「もう……、こんなことをしちゃったら、生きていけないです……。女の子としての誇《ほこ》りを、全《すべ》てまとめてゴミ箱にダンクシュートしたような気分です……、ううう……」

「本当にすまん……」

「で、でも……、これくらい出来なきゃ、ＡＶには出られませんよね？」

「伏黒？」

「なんなら、いい経験だったかもしれないですね！　ウフフ……」

「おま……え……」

……伏黒。

もう——壊《こわ》れて。

「先生！　突然《とつぜん》ですけど、東京までの運賃を貸して貰《もら》えないですか？」

「いかがわしい会社に行くつもりだろ！」

「あれ？　窓の外にＡＶ会社がありますね。ちょっと今から飛び降ります！」

「伏黒、そこには何もないぞ！　そこにあるのは地面だーーーーっ！」

＊

で、

帰り際《ぎわ》に伏黒は胡桃沢に言った。

「私、今日は先生と一緒《いっしょ》に帰るので、胡桃沢さんたちとは一緒に帰れません」

そう言うと、胡桃沢はショックを受けたような顔をした。

「そうなんだ……」胡桃沢は寂《さみ》しそうに答えた。

それがいじめられっ子である伏黒の、初めての胡桃沢への反逆だった。

どうやら俺のタンパク質を胃の中で変成させた経験は、なぜだか伏黒を勇気づけてしまったらしい。確かにあそこまでやってしまえば、胡桃沢のいじめくらい取るに足らないような気持ちになるかもしれない。

これにていじめは解決——なんてことは、もちろん無かった。

「先生……」

「……」

「どうやって、責任を取ってくれるんですか……」

「……」

夜二十時。勤務が終わって学校の出口に出ると、ダークサイドに堕《お》ちた伏黒が地縛霊《じばくれい》のように俺についてきた。

「先生……、これって、警察に垂れ込んだら逮捕《たいほ》出来るやつですよね……」

俺は早歩きで逃《に》げようとしたが、伏黒はゆらゆらと追ってくる。

「伏黒、示談金はいくら欲しい？　……俺って教員だし、経歴的にはホワイトだから、たぶんサラ金で結構借りれると思」

「先生の薄汚《うすぎたな》い金なんて要《い》りません……」伏黒は突《つ》っぱねた。「先生の精液……、水銀みたいな味がしましたよ？　始皇帝《しこうてい》ですか、私は？　不老不死になるんですか、私は？　それが錬金術《れんきんじゅつ》の秘密なんですか？」

「落ち着け伏黒。また意味のわからないことを言ってるぞ」

「それに……、勢いで胡桃沢さんにまで歯向かっちゃったじゃないですか……。もう……、絶対にヤバい仕返しとかされるじゃないですか……。援助《えんじょ》交際とかさせられるじゃないですか……。援助交際で済んだらまだいい方ですよ……。援助交際なら安いって感じですよ……。援助交際ならファミレスに打ち上げに行きましょうよ……」

「いや、打ち上げはねーよ」どんなテンションで打ち上げるんだ。

「今から先生の家に行きますからね」

「は？」

「前にも言ったじゃないですか……、援助交際で会った、変態のおじさんに初めてを捧《ささ》げるくらいなら……、先生に私の初めてを貰ってもらうって……」

「マジか」いよいよそれを実行に移す時なのか。「諦《あきら》めるなよ。まだ援交《えんこう》させられると決まったわけじゃないだろ」

「平和ボケしてんじゃないですよ……。私が援交することは、もう半決まり、ガンギマリ、おっさんの媚薬《びやく》で明日《あした》の私はガンギマリですよ」

「邪悪《じゃあく》な韻《いん》を踏《ふ》むな」怖《こわ》いおっさんだな。媚薬まで使うのか。「それに……、伏黒は俺が最初の相手で本当にいいのか？　確かに俺は、ヤれと言われたら断れないほどのことをお前にしてきたが……」

「この際、いいですよ……。ていうか、今更《いまさら》そんなこと気にしないで下さいよ。私は既に、先生のブツをしゃぶらされた上に、口内にタンパク質まで吐《は》き出されたんですよ……」

「すまん」

「先生、交番がありますよ」

「勘弁《かんべん》してくれ」

「あれが先生のログハウスですよね……」

「まだ有罪が確定してないぞ」

「もう面倒《めんどう》くさいから、ちゃっちゃと向こうの木陰《こかげ》でズボッと入れてドピュッと出して下さいよ」伏黒が汚《よご》れてしまった……。「フフ……最悪ですね、初体験が学校の木陰で、セクハラおじさんにヤられちゃうなんて……」

「お前、俺のことセクハラおじさんって言ったか？　せめてお兄さんと」

「私、もうこれ以上、汚れようがないって感じですよね……。タンパク質の話を聞きながらタンパク質を出されましたし……、いっそのこと、私の処女を奪《うば》うだけじゃなくて、もっと酷《ひど》いことをして欲しいくらいの気持ちですよ……。殴《なぐ》るとか……、蹴《け》るとか……、ウ◯コかけるとか……、そんな感じで、学校での出来事が全部どうでも良くなるようなのすごい屈辱《くつじょく》を私にくださいよ……」

まずい。破滅《はめつ》願望が芽生えている。

ていうか。

伏黒のいじめを解決しようとしたはずなのに、なんだか逆に状況《じょうきょう》が悪化していた。俺も伏黒もボロボロだ。俺の頑張《がんば》りってなんだったんだろう。

清純駅に着いた俺たちはラーメン屋に入った。制服姿の女子高生と二人きりの俺は目立っていたが、仕方がなかった。

手短に晩飯を済ませると、俺は伏黒を家に入れた。

俺の家は、小さなマンションの一角にある。親と一緒に住みたくはなかったので、親に借りてもらったのだ。家賃は安いが、清純学苑のある三重県は田舎《いなか》なので、それなりに新しい部屋に住めている。

ドアを開けると――部屋の入り口には大きなマットレスが、でん、と置いてあった。

前衛的なインテリアというわけではなく、ベッドを組み立てるのが面倒でマットレスだけ置いてその上で眠《ねむ》っていたら、ベッドを組み立てる気が段々無くなって、マットレスだけ取り残されて今に至る、というわけである。

以上の例より、俺の部屋が散らかっていることは想像出来るだろう。

俺の家は足の踏み場がなく、マットレスの上以外に座れる場所がない。そんなわけで俺と伏黒はマットレスの上に座った。

布団《ふとん》の上にいるので、どちらかが何を言うともなく、そういうムードになった。

今宵《こよい》、俺と伏黒は童貞《どうてい》と処女の共食いをする――

伏黒は、こちらに聞こえるような荒《あら》い吐息《といき》を漏《も》らしながら、愛《いと》おしさを感じるほどのぎこちなさで横になり、背中を向けていた。

俺は横になった伏黒の腰《こし》の辺りを触《さわ》った。伏黒の腰回りにはぷるぷるとお肉が付いていて、それが逆にエロティックに思えた。

「あの……、先生の部屋……、へ……、変な臭《にお》いがしますね……。動物園のゴリラみたいな……」

「消臭剤とか振《ふ》るか……？」

「いいんです……、人間はなんにでも慣れるって言いますから……」

伏黒の頬《ほお》は真っ赤になっていた。その中に埋《う》め込まれた、ぷるんとしたさくらんぼ色の唇《くちびる》は柔《やわ》らかそうで、まるで未知の生き物みたいだった。二つの足はぎこちなく、不自然に組まれていて、スカートはめくれて中にある下着が見えていた。そうやって俺の行為《こうい》を待っている受動的な生き物のようになった伏黒を見ていると、もう俺はどうしたって止まることが出来ないような気がした。

俺がおっぱいを揉《も》みしだこうとしていると、伏黒が潤《うる》んだ目を俺に向けた。

「先生……」

伏黒は切なそうに俺を見ている。たぶん、電気を消せということだと思った。しかし、伏黒は想像もしていないことを言った。

「テレビを点《つ》けて下さい……」

「え、テレビ？　見たい番組とかあるのか？」

「いや、無いですけど……。静かだと恥《は》ずかしいので……」

そうやって恥ずかしさを消す人間がいるとは驚《おどろ》きだった。

テレビを点けると金曜の映画ショーがやっていて、ハリウッド映画が始まった。

テロリストがロサンゼルスのビルでマシンガンを撃《う》ち鳴らしている音が聞こえる。「マザーファッカー！」ババババババ！　女性の叫《さけ》び声。ガラスの割れる音。タンクトップを着たマッチョ俳優がド派手にテロリストをぶっ倒《たお》している。

マジでロマンティックさがゼロになってしまった。

「伏黒……」

テレビの向こうでテロリストが重役を詰問《きつもん》していた。どう見てもセ○クスをしている雰《ふん》囲気《いき》ではない、ハリウッドの荘厳《そうごん》な音楽が流れている。

……うおっ、あぶねえ。マジで教え子とヤりそうになってしまった！

今のはマジでヤバい所だった——

映画のせいで素《す》に戻《もど》った俺は、目の前の女の子に聞いた。

「その……、お前、なんか無いのか……？」

「なんかって、なんですか……」

「生きる希望とか、夢とか……、将来これになりたいとか……」

　ぼやっとした質問をしてしまった。

　灰色のブラジャーがモロ出しになっている伏黒は、天井《てんじょう》のＬＥＤライトを見つめながら、夢見るように言った。

「……小さな……、家に……」

　伏黒の声は途切《とぎ》れ途切れだった。言葉を探すように宙を見つめていた。

「犬を飼って……、住みたいです………」

　それきり、伏黒は何も言わなくなった。

「犬が好きなのか？」

「いや、そうでもないです……」

「ポエムを聞きたいわけじゃないんだ。なんかもっと具体的な……」

「犬の名前は……、なんにしましょうか……」

「いや、そんなことを聞かれても……」

「マサオか、ミネシでどうでしょうか……」

　絶妙《ぜつみょう》にセンスが無いな……。

伏黒はそれだけを言って目を閉じた。ひょっとすると酷《こく》なことを聞いてしまったかもしれない。なんたって、伏黒ほど将来を絶望してそうな女の子はいないからだ。

テレビは丁度CMに入ったところだった。チャンネルを変えるとニュースがやっていて、「ダム女子」の特集をやっていた。

伏黒は目を開けると、ようやく思いついたというふうに俺に言った。

「先生と私の子供の名前、先生の名前と私の名前から一字ずつ取って、真梨《まり》にしませんか……？」

「何を言ってるんだお前は」話が飛躍《ひやく》しすぎている。

「先生、私はもう生きるのが嫌《いや》になってきました。先生のせいです。絶望のあまり今日から引きこもるので、私と結婚《けっこん》して扶養《ふよう》して下さい」

「……せめて主婦になってくれないか？」

「主婦なんて無理です……。私、料理が本当に下手なんです。調理実習ではいつもパンデミックを起こしていて、胡桃沢さんに『ア○ブレラ社』とあだ名を付けられたくらいなんです。本当にゾンビが作れたら世界を滅《ほろ》ぼせるんですけど……フフフ……」

「お前がア○ブレラ社じゃなくて本当に良かったよ」

「掃除《そうじ》も出来ないんです。前に廊下《ろうか》の掃除をやった時は、みんなの二倍の時間がかかりましたし……」

「どうしてそんなに時間がかかるんだ？」

「掃除をサボった、胡桃沢さんの分も一緒《いっしょ》にやってたからです」

「それは胡桃沢のせいだろ！」

「あと、私が掃除をした所から、涙《なみだ》で汚れていくからです」

「掃除の意味が無い！」

「夢なんか無いですよ……。私はただ……、痛いこととか苦しいこととか気持ちの悪いことか、そういうことが無ければいいだけです……。それ以上のことは望みません……」

「……変なことを聞いてすまなかった」

「というか」

そこまで言って、伏黒は俺に向き直った。

「むしろ、先生が私に夢をくれませんか？」

「へ？」

「先生が、これを夢にしろって言ってくれませんか？　そうしてくれれば、私はそれに向けて頑張ります」

逆転の発想だ。

「もちろん、出来る範囲《はんい》で頼《たの》みますよ……。さすがにサッカー選手と言われれば出来ませんし……、それに……、も、もしもＡＶ女優と言われれば……、まぁ、なります、先生が言うのなら……、な……、なりますう……、ううう……」

「安心してくれ、言わないから」

「お願いします……」

伏黒は黒目がちな瞳《ひとみ》でじっと俺を見つめた。思いつきで言っただけのように見えて、伏黒は真面目《まじめ》に俺の意見を求めているように見えた。

俺は伏黒の担任なのだから、迷える伏黒を導いてあげなければいけないのだが……。

うーん……、全然思いつかねーな……。

「じゃあ……、尼《あま》」

「……」伏黒は黙《だま》ってしまった。

「……すまん、別の奴《やつ》を——」

「な、なりますよ！　髪《かみ》の毛を全部剃《そ》ればいいんでしょう！　やってみせますよ！」

「待て待て待て待て伏黒！　今のは冗談《じょうだん》だ！」

冗談と言いつつ、仏門に入れば伏黒の苦も消えたりするんじゃないか——と、少し真剣《しんけん》に考えてしまったことも事実だった。

……えーっと、じゃあ。

伏黒は真剣に俺を見つめている。まずいな。今度外したら、ますます伏黒の信頼《しんらい》を失ってしまいそうだ。

ニュースでは女子アナが、特集に対するコメントを述べている。「へー、ダムにはダムカレーっていうのがあるんですねー」当たり障《さわ》りのないコメントを聞いて俺は言った。

「……ダムの管理者はどうだ？」

「先生、死んでもらってもいいですか……？」

「死まで⁉」

「うう……、先生は私のことを、都合のいいセフレ女とだけ思っていて……、全然私のことには興味がないんだぁ……」

「そ、そんなことはない」

「やっぱり私にはＡＶ女優がお似合いなんだぁ……」

しまった。ダムの管理者って人と会わなくても良さそう↓伏黒に合ってそう、というシンプル過ぎる類推をしてしまった。そうじゃなくて――もっと伏黒の長所を伸《の》ばす方法を考えないとポジティブな感じがしない。えーっと、伏黒の長所ってなんだ。

「伏黒はエロい！」

俺は明言した。やっぱり、これが最大の長所だな。

「結局AV女優ですか……」

「今のナシ。伏黒は可愛《かわい》い！」

そう言うと、伏黒は照れたような表情を浮《う》かべた。

「可愛くなんか……」

「そして頭もいい。四月の宿題テストの成績も良かったよな」

「勉強時間が長いだけで……」

「エロくて可愛くて頭がいい。その三要素が全《すべ》て揃《そろ》っている必要がある職業がある。それが……」

伏黒はごくりと唾《つば》を飲んだ。


「女医だ！」


伏黒は不思議そうな表情をした。

「顔、必要ですか？」

「必要だ」俺は明言した。「美人だったら、病気の治りも早いはずだからな」

「はぁ……」

「それに、医者っていうのは人の痛みとか辛《つら》さを聞いてあげる職業だろ？　でも、痛みとか辛さって、実際に体験した奴にしかわからないよな。その点、伏黒は人よりも辛い目に遭《あ》った分、患者《かんじゃ》さんの悩《なや》みとかを聞いてあげられる、いい医者になると思うんだよ」

「……」

伏黒は何も言わずに難しい顔をした。俺は不安になって聞いた。

「――これも外したかな」

「……その」伏黒は首を振《ふ》った。「私、理系科目の方が得意だから、理系に行こうと思ってたんです……。でも、理系に行ってから何をするかは考えてなかったので――医学部っていう選択肢《せんたくし》も、あるのかなって思いまして……」

――おお。

「お医者さん……、ですか。いいかもしれないです。全然考えてませんでしたけど……」

伏黒はそう言って、柔《やわ》らかく笑った。

俺は一瞬《いっしゅん》、その笑顔《えがお》に見惚《みと》れてしまった。うつむきがちで泣き虫な伏黒の、珍《めずら》しい微《び》笑《しょう》だった。笑い慣れていないから、笑い方はすこし不自然だったけれど……、でも、だからこそ心の底から笑ってくれているように俺には思えた。

伏黒は体を起こしてマットレスの上に座り込んだ。

もう、童貞《どうてい》と処女の共食いをしていた時の、淫《みだ》らな空気は部屋から消えていた。

それがすこし寂《さみ》しくもあったが――ともかく目の前の女の子と、俺はようやく少しだけ心を通わせることが出来たような気がした。

体は既《すで》に通わせていたのだが――体が心を追い越《こ》してしまった。

前前前戯《ぜんぜんぜんぎ》で踏《ふ》みとどまることの出来た俺に、伏黒は言った。

「先生に教えた方がいいのに、あえて教えてなかったことがあるんですけど……」

「どうしたんだ」

「先生に身の危険が迫《せま》ってます。胡桃沢さんには、注意をした方がいいですよ」伏黒は今までに聞いたことがなかったような、熱のこもったトーンで俺に言った。

「身の危険ってなんだ」

「前担任の前田《まえだ》先生のこと、伊藤先生は知ってますか？」

「失踪《しっそう》したってくらいしか知らないが……」

「違《ちが》うんです。失踪させられたんです。胡桃沢さんに」

「でも前田先生はいなくなってしまったでござる。ある日忽然《こつぜん》と、失踪してしまったでござる」

確かに蕎麦《そば》くんはそう言っていた。それが胡桃沢の仕業《しわざ》だって？

「……失踪させられたって、どういうことだ」

「胡桃沢さんは前田先生を性奴隷《どれい》にして、自宅で飼ってるんです」

「――はぁ!?」女子高生が、担任の先生を性奴隷にして、自宅で飼う!?「……って、確かに胡桃沢なら、あり得ないとも言い切れないが……」

胡桃沢は――もう確定でいいだろう――加虐性愛者《サディスト》だ。であれば、担任を性奴隷として飼っていても、おかしくないのかもしれないが。

「それもですね、胡桃沢さんが担任の先生を失脚《しつきやく》させるのは、もう二回目なんです」

「初犯じゃないのか？」

まさかそんな……いや、

俺はふと、自分が九組の担任に任命された時のことを思い出した。

「もしかして、具体的に何かあったんですかね？　特殊性癖教室絡《とくしゆせいへきがら》みの事件とか」

「はい！　次の事項《じこう》を読みます。特殊性癖教室の生徒は――」

そういえばあの時、武蔵野先生も何かを隠《かく》そうとしていた。何を隠そうとしていたのかわからなかったけど、伏黒の話を聞いてなんとなく想像出来た。

きっと、武蔵野先生は胡桃沢のことを隠していたのだ。

確かに「このクラスの担任は、二人生徒の性奴隷になってるんですけど、頑張《がんば》って下さい！」とは言えないもんな……。

「前田先生は胡桃沢さんを怒《おこ》らせちゃったんです。胡桃沢さんに『実は清楚《せいそ》なんじゃないか』と言ったりして」それで怒るのか。ていうか、あいつが逆に清楚とか、前田先生は一体どういう勘違《かんちが》いをしたんだ。「次の日、前田先生は胡桃沢さんの性奴隷になってました。今回だって、胡桃沢さんは先生に怒ってると思います。先生が性奴隷にされちゃうこともあると思います……」

「それってマジなのか？」

「残念ながらマジです。胡桃沢さんは、男の人に対してはものすごいテクニックを持ってるんです。ヤバい薬を使うという噂《うわさ》もあります。自我を失うような快楽の中、何度も絶頂を迎《むか》え、快楽に堕《お》ち、いつしか先生は胡桃沢さんを讃《たた》えるだけの存在になってしまうかもしれません」

胡桃沢は、エロ漫画《まんが》に出てくるおっさんなのか？

確かにエロクッキーにはものすごい効果があったが……。

「……ずっと黙ってて、ごめんなさい」

「伏黒が謝ることないぞ」

「でも私はこのことを、わざと言ってなかったんです……。先生が胡桃沢さんを恐《おそ》れて、私を守ってくれなくなったら嫌《いや》だから……。でも先生は、そういう先生じゃないと思ったから……、遅《おそ》くなりましたけど、伝えることにしました」そう言って、伏黒は穏《おだ》やかな表情を浮かべた。

俺はふと、胡桃沢のことを考えた。

俺が胡桃沢に――性奴隷にされる。

その可能性もあり得るのかもしれない。だって九組は特殊性癖教室なのだから。特殊性癖教室の担任は、性奴隷にされることも警戒《けいかい》しなければならない……らしい。

俺は伏黒を駅まで送っていった。

壊《こわ》れかけた駅の電灯に照らされて、伏黒は笑ってくれた。

「先生……、今日は色々とありがとうございました……」

「おう、俺からもありがとう」

「それと……、その」伏黒の頬《ほお》に、ほのかに朱《しゅ》が差した。「も、もう……、先生に処女を奪《うば》ってと頼《たの》むのは……、私、止《や》めることにします」

そう言って、伏黒は下を向いた。

「先生に……、出来るだけ迷惑《めいわく》をかけないようにしたいと思っていて……」

「たまには迷惑をかけてもいいんだぞ、先生だからな」

「私が嫌なんです……、もう少し、強くなりたくて……」

その言葉が、俺には嬉《うれ》しかった。

伏黒は改札の向こう側を見た。そして困ったように言った。

「私、先生のこと、帰りの電車の中でも、ずっと考えてる気がします……」

「俺のことを訴《うった》えるかどうかって？」俺は冗談《じょうだん》を言った。

「そうです。民事か刑事《けいじ》かどちらにしようかと……」訴えることは確定なのか？「というのは冗談として……、どうして先生のことを考えると、こんなにも胸がズキズキするのかって――」

「へ？」

そこまで言うと、伏黒は自分の失言に気づいたみたいに赤くなった。気つけをするように手の平で顔を叩《たた》くと、叩きすぎたらしく涙目《なみだめ》になった。

「だ、大丈夫《だいじょうぶ》か……？」

つい心配になって、声をかけてしまった。

「大丈夫です。急に、相撲《すもう》に目覚めただけで……」

「それはそれで大丈夫か……？」

「先生……、また学校で会いましょうね」伏黒は涙を拭《ぬぐ》った。頬はピンク色になってしまっている。「先生に会えると思ったら、学校に行くのも、悪くないかもしれないって思ってますから……」

俺は、伏黒の言葉が嬉しかった。

教師として一番、言って欲しいことを言われた気分だった。

伏黒は手を振って、改札の向こう側へと消えた。

俺は元気な彼女が——また、見られるものだと思っていた。

でも連休明けの学校の五限目に、伏黒は学校から消えた。

俺に何も言い残さずに、忽然と学校からいなくなったのだ。

第五章

薄暗《うすぐら》い部屋だった。

天井《てんじょう》の照明は消えていた。怪《あや》しげなピンク色と水色の間接照明だけが、打ちっぱなしのコンクリートの壁《かべ》を照らしていた。

そこは胡桃沢朝日《くるみざわあさひ》の部屋だった。ラバー素材の際《きわ》どいボンテージスーツを着た胡桃沢は、足元に転がっている小太りの中年男——前田《まえだ》先生をハイヒールのカカトで踏みつけながら、くすぐるような声を出した。

「ねえせんせー、聞いてよー」

前田先生は貞操帯《ていそうたい》とギャグボールを装着させられていた。そのせいで具体的な言葉を発することが出来ず、ただ獣《けもの》の鳴き声のようにくぐもった相槌《あいづち》を発するだけだった。

「うー、うー」

「今、話せるようにしてあげるからね」

胡桃沢はそう言うと、男の口からギャグボールを外した。

男性はボールを外されると、少女に何も命令されずとも土下座をした。その太ももには胡桃沢の文字で「人間失格♡」と書かれている。実によく調教された犬である。

「この犬畜生《いぬちくしょう》めにご温情を下さり、ありがとうございます……」

「よくわかってるね、前田先生♡」

「前田なんて名は恐れ多いです。私はただの犬であります」

前田先生は――本当に――よく調教されていた。胡桃沢は男の従順さに満足して「うんうん」と頷《うなず》いた。

「でさ、せんせー聞いてよ」胡桃沢は前田先生の膝《ひざ》の上に座ると、女子高生らしい雑談の続きを始めた。「祈梨《いのり》がね。私から離《はな》れるって言ってるの」

「いのり……？」

「せんせーも知ってるでしょ？　祈梨」

「……⁇」前田先生は首を捻《ひね》った。

「あはは。もうせんせーにはわかんないか。身も心も私の奴隷《どれい》になっちゃって、気持ちいいこと以外に興味が持てなくなっちゃったもんねー」胡桃沢は黒い笑《え》みを浮《う》かべる。

前田先生はしばらく考えると、ようやく思い出したようで、無邪気《むじゃき》な大声を出した。

「おっぱい！　おっぱい！」

「そう、おっぱいの大きい子だよ」

「揉《も》みたい！　揉みたい！」

「もう―、サカリが付いちゃった？」胡桃沢は前田先生の禿《は》げた後頭部を撫《な》でた。「祈梨を私から取ったせんせーには後で制裁するけど、でもその前に――祈梨自身にも、私といた方が絶対に楽しいって、思い知らせてあげなきゃいけないいんだよね」

そう言って、胡桃沢は立ち上がった。

「だってさ……、小学校の時から一緒《いっしょ》なんだもん。私が祈梨のことを、一番わかってるはずなんだから」

胡桃沢は誰《だれ》へともなくそう呟《つぶや》いた。前田先生は胡桃沢の足元にすり寄って、哀《あわ》れな犬のようにプレイを求めた。

「ふふ……、今日はだーめ。明日《あした》はせんせーに、やってもらいたい用事があるんだから」

胡桃沢はそう言って、前田先生の顔を踏《ふ》んづけた。カカトでぐりぐりとするたびに、前田先生は快楽の喘《あえ》ぎ声を漏《も》らしている。

「私の友達の――初めての人になってくれる？」

＊

三連休が明けた火曜日。伏黒《ふしぐろ》は普通《ふつう》に登校していた。

「伊藤《いとう》先生、おはようございます……」

伏黒はぎこちないながらも笑ってくれた。それが俺には嬉しかった。

一方、胡桃沢は――驚《おどろ》くべきことに遅刻《ちこく》をしてこなかった。それがなんとなく不吉《ふきつ》の前兆のようにも思えたが、特に伏黒にちょっかいを出したりする様子もなかった。

異変が起きたのは昼過ぎだった。

五限目。授業がない俺は、教材研究をしているフリをしてニコニコ動画を見ていた。すると、英語の授業で九組に行っていたはずの武蔵野《むさしの》先生が職員室に戻《もど》ってきた。

「伊藤先生……、少しうるさいことを言ってしまうのですが、業務時間中に動画サイトを見るのは止《や》めて下さいね。私はいいのですが、お気になさる先生もいますから……」

「おっと、すいません」叱《しか》られてしまった。「ところで、武蔵野先生はどうしてここに？」

「私はダンベルを取りに来たんです。授業中に体を鍛《きた》えるために」

今、わかりやすい矛盾《むじゅん》を見たような……。

「今は小テストをさせているんですけど、ダンベルを忘れたのを思い出すと、いてもたってもいられなくて……」

「はぁ……」縦社会を感じる。

「それと、伊藤先生に伝えたいことがあったんですよ」武蔵野先生は、真面目《まじめ》な先輩《せんぱい》教師の顔を作った。「伏黒がいないんです」

「はい？　伏黒は朝にはいたはずですよ」

「私も見た記憶《きおく》があるんですが、教室にいなくて」

……へ？

「え、伏黒さんがいないんですか？」

隣《となり》で教材研究をしていた国語科の青木《あおき》先生が割り込んできた。

「それって問題じゃないですかぁ？　胡桃沢さんがいなくなるのとは違《ちが》うんですよう。伏黒さんは真面目な生徒ですし、授業をフケちゃうような生徒には思えませんよう」

「そうですよね。だから私も妙《みょう》だと思いまして」武蔵野先生は頭を掻《か》いた。「うーん、さっきまでダンベルのことしか考えていませんでしたが……。やっぱり一旦《いったん》、調査をした方がいいかもしれませんね。伊藤先生は午後の授業はありませんでしたよね？」

「はい、そうです」

「では、伏黒の件の調査をお任せしてもよろしいですか？」

もちろん、言われるまでもなくそのつもりだった。

俺はパソコンを閉じて席を立ち、武蔵野先生と一緒に九組に向かった。九組に向かうのは、第一容疑者である、胡桃沢に話を聞かせてもらうためである。

移動中に、俺は伏黒にメッセージを送った。先週末、駅に向かう道中で伏黒にＳＮＳのＩＤを聞いたのだ。ちなみに伏黒のＩＤはdarknesstheworld《ダークネス・ザ・ワールド》だった。俺は見なかったことにした。

「どこにいる？」と一言だけ送ってみたが、返事も来ないし既読《きどく》もつかない。

俺はふと、伏黒が言っていた言葉を思い出した。

「もしも私が、やりたくもない人に、初めてを捧《ささ》げることになるのなら……。先生が、責任持って私の初めてを、貰《もら》って下さいよ……」

やっぱり——そうなんだろうか。

伏黒は胡桃沢の差し金によって、援助《えんじょ》交際をさせられているのだろうか？

伏黒には、妙に自分の初体験にこだわるところがあった。加虐性愛者《サディスト》の胡桃沢に色んな羞恥《しゅうち》を味わわされつつも、彼女は初体験だけはどうやっても守ろうとしていた——まぁ、客観的に見れば、既《すで》にそんなことはどうでもいいくらいに汚《よご》れてしまっていたが――そして汚したのは俺だが――そんな彼女の初体験を変態のおっさんに奪《うば》わせるなんて、胡桃沢、今回のいじめは、少し度が過ぎているんじゃないか？

ともかく、伏黒のいる場所を突《つ》き止めよう。

俺は九組のドアを開けた。しかし、お目当ての胡桃沢はいなかった。

「へ、朝日ちゃん？　小テストがダルいって言って、どっかにふけちゃったよ」宮桃《みやもも》がカンニングペーパーを隠《かく》しながら言う。

頬《ほお》をたらりと汗《あせ》が垂れた。俺と武蔵野先生の動揺《どうよう》が伝わったのか、生徒たちはガヤガヤと騒《さわ》ぎ始めた。

恭野《きようの》がチラリとこちらを見た。俺が伏黒の件で慌《あわ》てていることを、察しているのだろうか？

胡桃沢を見つけたら連絡《れんらく》をして欲しい――と武蔵野先生に言い残して教室を出た。俺は、胡桃沢グループがよく集まっている、屋上に行ってみるつもりだった。

六階の廊下《ろうか》の奥に、屋上へと繋《つな》がる立ち入り禁止のドアがある。

ドアには鍵《かぎ》がかかっているのだが、胡桃沢たちが壊《こわ》してしまったので、今では誰でも入れるようになっている。俺はドアを開け、狭《せま》い階段をえっちらおっちら上った。

空気抵抗《ていこう》を感じながらドアを開けると、屋上には誰もいなかった。

「胡桃沢ー、いるかー」

声をかけてみても、返事がない。

見えない所に隠れている可能性も考え、入り口の後ろや給水塔《とう》の裏も探してみたが、やはり誰もいない。

俺は、次にピロティを探してみようと思った。自販機《じはんき》があるし、あそこでサボっている可能性もあるはずだ。

屋上を後にしようとドアノブを握《にぎ》ると、ふと、携帯《けいたい》の着信音が鳴った。

伏黒だった。慌ててメッセージを確認《かくにん》した。

「助けて」

メッセージはそれだけだった。「どこだ」と送っても返事がない。俺は携帯の画面を見て途方《とほう》に暮れた。

その時、屋上のドアが開いて——全《すべ》ての原因である胡桃沢が現れた。胡桃沢はいつも通りのビッチ服だ。腰《こし》に巻いたパーカーは屋上の強い風に晒《さら》されて、悪の親玉のマントのように、ひらひらとはためいている。

た。

「……お前、良くないことしてるだろ」俺は挨拶《あいさつ》もそこそこに、叱るようなトーンで言った。

「うん。祈梨に体を売らせてるの」胡桃沢は悪びれもせずに言った。

「どうしてそんなことを」

「祈梨にね、私と一緒にいた方が楽しいって思い知らせてあげてるの」

「また意味のわからないことを……」俺は頭を抱《かか》えた。「伏黒はどこにいるんだ」

「それを知るには、動画を見た方が早いかな」

そう言って胡桃沢はこちらに近づいてきた。

動画ってなんだ？

動画って言われると、エロ漫画《まんが》脳の俺には、アヘ顔ダブルピースしか想像出来ないんだが……。

まさか、伏黒は援交《えんこう》おじさんに開発され、アヘ顔ダブルピースを……。

現実であり得るのか。アヘ顔ダブルピースは……。

胡桃沢はスマートフォンで動画を再生した。

すると、そこには真っ赤な部屋が映っていた。赤色には興奮作用があるというが、部屋の中にいるだけで頭がおかしくなりそうな程《ほど》のショッキングレッドだった。部屋には、赤と派手なコントラストを放つ黒色の、巨大《きょだい》なX字の枷《かせ》が置いてあった。

そこに伏黒が縛《しば》り付けられていた。

伏黒は両手両足を広げたX字の体勢で動けなくなっている。腰は革《かわ》のベルトで固定されており、手と足は手錠《てじょう》で拘束《こうそく》されていた。

「先生、助けて……」

伏黒は泣いている。その隣にいる男を見て——俺は度肝《どぎも》を抜《ぬ》かれた。

なんだこの変態は……。

一目で見て変態だとわかる。ひょっとすると、「変態」という日本語の意味を知らない未開の部族でさえ「ヘンタイ」と呟くかもしれない……それ程の変態度だった。

男は伏黒と同じくらいの背の高さの小男だったが、後頭部は完全に禿げ上がっており、頭には白い猫耳《ねこ》を付けていた。白のニーソックスを装着し、スクール水着を着ていた。スクール水着には「まえだ」と書かれている。銀縁《ぎんぶち》眼鏡には脂汗《あぶらあせ》が滲《にじ》んでいる。一体、何と何を錬金《れんきん》すればこんなにも邪悪《じゃあく》な中年が生成出来るんだと思うようなおっさんだ。

そのおっさんが言う。

「やあ、同類」

いや、同類じゃねーよ。同類にするなよ。

「同類、お初にお目にかかります。私が特殊性癖《とくしゅせいへき》教室の前担任の前田信夫《のぶお》、通称《つうしょう》『童貞《どうてい》王ノブオ』です。ちなみに『童貞王ノブオ』は、インターネットの風俗《ふうぞく》情報掲示板《けいじばん》に私が書き込む時のハンドルネームであります」知らねーよ。どうでもいいよ。「私がですね、胡桃沢様から伏黒祈梨の処女を奪えと命令された男でございます。というわけで今から一時間かけて、じっくりねっちょりと、絶対にトラウマになるやり方で処女を奪わせていただきますよ」

前田先生の股間《こかん》は、スクール水着越《ご》しでもわかるくらいに盛り上がっていた。なんだか夢に出てきそうなレベルでキモいおっさんだ。こんなおっさんに処女を奪わせるくらいなら、確かに俺が金曜日に伏黒の処女を奪っておけば良かったと思うほどだった。俺は後悔《こうかい》した。

前田先生は伏黒に向き直ると、罵倒《ばとう》を始めた。

「私はねえ、伏黒！　教師をやってた時から、この胸が気になってたんだよぉ！」前田先生は叫《さけ》びながら、伏黒の胸を叩《たた》いた。「この胸を自由にする日を夢見てたんだよぉ！」

「ううっ！」前田先生に胸を叩かれ、伏黒は唸《うな》った。

「お前の大好きな伊藤っていう先生も、絶対にこの胸を揉《も》むことを夢見てるよ！」

「そんなことありません！　伊藤先生は……、そんな……、そんなこと……、いや……、え……、うーん……、まぁ……、夢見てるかもしれませんけどぉ……」え、肯定《こうてい》？「でも、絶対に助けに来てくれると思います。あなたなんかの好きにさせない！」

「身動きも取れない状態でよく言いますね！　ハハハ！」

前田先生は、伏黒の乳首《ちくび》を一秒間に十六連打しながら、「バスの停車ボタンを連打する子供の真似《まね》ーっ！」と言って笑っている。怖《こわ》い怖い。怖いから。

伏黒は青白い表情で前田先生を見ていた。確かに、伏黒のような世慣れしていない女の子が、銀座のキャバ嬢《じょう》でも二秒でドン引きしそうな前田先生を相手にするのはキツいだろう。ライオンと草食動物を同じ檻《おり》に閉じ込めているみたいだ。

「しかし伊藤先生。胡桃沢様から聞きましたよ？　蕎麦《そば》とのインサイダー取引を断ったらしいじゃないですか？　私にはあなたの考えていることがわかりません。とんでもない堅《かた》物《ぶつ》かホモか、それかチキン野郎《やろう》だと思いますがねぇ……」

「いや、一般人《いっぱんじん》だ」思わず映像に突っ込んでしまった。

「欲望《よくぼう》に素直《すなお》になりましょうよ、伊藤先生。女子高生を性的な目で見て楽しむことが、高校教師の本懐《ほんかい》ですよ？」文部科学省に謝れ。「全く……、あなたが私と同じ教師だとは思えないですね。教師の風上にも置けませんよ」

どちらかと言えばそのセリフは俺から言いたいのだが……。

前田先生はどこからともなく、授業用の巨大な三角定規を取り出した。そしてそれで伏黒のおっぱいをつつきながら、カメラに向かって叫んだ。

「こいつでこの子の体をつつき続ければ、彼女は巨大な三角定規がトラウマになり、数学や物理の時間に三角定規が出てくるたびに、今日のことを思い出して泣いてしまうかもしれませんねぇーーっ！　ハーッハッハッハッハッハッハッハ！」

「ま、前田ーーーーーーーーっ！」

こうして映像はプツリと切れた。

前田信夫。なんだあの変態は……。

早く伏黒を救わなければ。

しかし、この動画はいつ撮《と》られたものなんだろう？　昼休みが終わってから三十分ほどしか経《た》っていないし、移動時間も含《ふく》めて考えれば、せいぜい五分か十分ほど前のはずだ。まだ間に合う。俺は、得意げな表情で動画を見せていた胡桃沢に言った。

「胡桃沢、二人が今、どこにいるのか教えろ」

「教えちゃったらせんせーに邪魔《じゃま》されちゃうじゃん」胡桃沢はゲームでもするみたいに笑った。「ヒントはね、清純《せいじゅん》市内のホテルの一室。でもね、それ以外は教えてあげない」

俺はふと、清純駅の東口にはホテル街があることを思い出した。しかし、あの中のどのホテルだろうか？　胡桃沢に聞かなければわからないだろうが、彼女は何をしたって答えてくれないという感じがした。

そう思っていると、屋上のドアが開いた。

そこに立っていたのは恭野だった。

折り目正しく着られた制服。爽《さわ》やかなショートヘア、彼女は腕《うで》を組んで、胡桃沢に相対するみたいに立っていた。

今は授業中だが、抜けて来てくれたのだろうか？

「恭野が頼《たの》んだって教えてあげないよー。これはね、祈梨と私と先生の間の問題だから」

嘲《あざけ》るような胡桃沢に、恭野は聞いた。

「伏黒さんがホテルに行ったのは、昼休みですよね？」

「？」胡桃沢は首をかしげた。「そうだよ。前田先生に屋上まで不法侵入《しんにゅう》してもらって、連れて行ってもらったの」

よく捕《つか》まらなかったなと俺は思った。いや、捕まるかもしれないのにそういう格好をさせられるというプレイなのかもしれない。ハイレベル過ぎてよくわからないが……。

俺は、高度に発達した科学は魔法《まほう》と区別がつかないという言葉を思い出した。高度に発達した変態プレイは、魔法と区別がつかないのかもしれない。

確かに前田先生は魔法使いみたいだし……。

「ホテルの部屋は、その時に前田先生に教えたんですか？」

「そうだよ。私が前もって予約しておいてね。……って、そんなことを聞いて、何か意味があるの？」

俺も同じことを思ってしまった。しかし、恭野は確信があるように答えた。

「伊藤先生。……ホテルの場所がわかりましたよ」

そう言って、恭野は屋上の入り口に向けて合図をした。

すると入り口から非リア三人衆が入ってきた。胡桃沢は何かに気づいたように目を細めた。

「胡桃沢さん、私は先生に、伏黒さんを見守るように頼まれていたんです。それで、伏黒さんが胡桃沢さんたちに昼休みに屋上に連行されているのを見て、ちょっと危ないなと思ったんです。何かがあったら良くないと思って、事前に手を打たせてもらったんです」

蕎麦くんは嬉《うれ》しそうに、消しゴム並みの大きさの小型カメラを撫《な》で回していた。

「そうでござる。拙者《せっしゃ》は昼休みに、胡桃沢殿《どの》のパンツを撮らせていただいたでござるよ。まさか、恭野殿から盗撮《とうさつ》の許可が下りるとは思わなかったでござるが……」

盗撮――あ、そうか。

「そうです。この屋上を盗撮しておいてもらったんですよ。もちろん、音声データも収録済みです」

昼休みの屋上の音声を聞けば、伏黒のいる場所がわかるのだ。これは恭野のファインプレーである。

胡桃沢は舌打ちをすると、何も言わずに去っていった。蕎麦くんは状況《じょうきょう》はあまり理解していないようだったが、なぜかドヤ顔をして言った。

「フフフ、拙者のお陰《かげ》でござるな！」

そう、蕎麦くんのお陰なのだ。初めて役に立ってくれた。

「先生、早く音声データを確認《かくにん》しに行きましょう。間に合わないかもしれません」

俺は、生徒指導室に動画の再生装置があることに気づいた。俺と恭野と非リア三人衆は、急いで生徒指導室に向かった。

生徒指導室に向かう途中《とちゅう》、恭野が小声で言った。

「今回のは特例ですよ？　本当は、先生の力で全《すべ》てを解決してこその宿題なんですけど……」

恭野は細かいことを気にしているようだったが、俺は構わず礼を言った。

俺たちは生徒指導室に到着《とうちゃく》した。

生徒指導室のテレビにはＨＤＭＩ端子《たんし》が付いていた。カメラを繋《つな》げて、盗撮映像を再生した。

映像は階段を上る所から始まっていた。倍速再生で省略すると、どうやら蕎麦くんたちは屋上で胡桃沢、女島《めしま》、伏黒の三人と会った後、土之下《つちのした》くんに屋上の溝《みぞ》を埋《う》めさせているフリをして、小型カメラと集音器を隠《かく》したらしかった。二箇所《かしょ》に隠して、無事に二箇所とも見つからなかったので、俺たちはこうして映像を確認出来ているというわけだ。

……ていうか。

このカメラ、ローアングルだな……。

「……」

蕎麦くんのカメラがローアングル過ぎるせいで、生徒指導室で女生徒と一緒《いっしょ》に、受け持ちの生徒のスカートの中を確認するという、大変いたたまれない事態になってしまった。

いたたまれないというか――

「ほほう、良く撮れているでござるな！」

蕎麦くんの方は空気も読まずに一人で楽しんでいるので、ひょっとするといたたまれないのは俺一人かもしれない。ていうか皆《みんな》なんで平気なんだ？　これが若者の感覚？

「……」恭野は顔を真っ赤にして、ジト目で俺を見ている。

俺は気まずくなって目を逸《そ》らした。

きのこの傘《かさ》のようなプリーツの中に、三人のパンツが映っていた。伏黒は、逆にどこで売っているのかわからないレベルにダサいベージュの下着を着ていた。胡桃沢の下着は、うわ……、シースルーじゃないか？　シースルーの下着を穿《は》いた女子高生なんて、誰《だれ》かに教育的指導と称《しょう》してエッチな指導をされても文句は言えないが……、女島は……、
女島⁉

女島は何も穿いていなかった。パンツが保護色になっているのかと思いきや、本当に何も穿いてなかった。何度見たって何も穿いていなかった。ひょっとすると女島は、露出狂《クラッシャー》なのかもしれない。

ていうか、パンツはともかく、受け持ちの女生徒と一緒に同級生の女の子の陰部《いんぶ》を確認するって異次元的な気まずさだ。「パンツはともかく」ってなんだ。パンツでも気まずいわ。

ハカセは予想もしていなかった撮れ高に、目を見開いたまま静止すると、眼鏡の奥の瞳《ひとみ》からうっすらと涙《なみだ》を流し始めた。

「これが……、人体の神秘……」

ヤバいことを言いながら泣いている。そんなに喜ばれると戸惑《とまど》うが……。

「俺……、女島さんの溝を埋めたい……」

土之下くんが言う。たまにしゃべったと思ったらド下ネタじゃねーか。

イモ下着の伏黒、シースルーの胡桃沢、何も穿いていない女島と三人並んで、なんだか露出度《ろしゅつど》のグラデーションみたいだな——って、そんなことはどうでも良くて。

恭野は手をぎゅっとグーの形にして、強がるように口をつぐんでいた。

これ、俺のせいじゃないよな？

俺のせいじゃない、俺のせいじゃない……と思いながら動画を見ていると、しばらくは、おどおどする伏黒の前で、シースルーとノーパンが……違《ちが》う、胡桃沢と女島がどうでもいい話をしているだけだった。倍速再生していると、ようやく動きがあった。

屋上のドアが開いて、スクール水着姿の前田先生が現れたのだ。

「きゃあぁーーーーっ！」突如《とつじょ》現れた常識外れの変態男に伏黒は叫《さけ》んだが、男の顔を見て声を詰《つ》まらせた。「って、前田先生⁉」

「そう、私だよ」

「ワアアアアアーーーーーーッ！」

そりゃあ驚《おどろ》くよな——と思った。前田先生のヤバさは明らかにK点を越《こ》えている。伏黒は、胡桃沢に前田先生を性奴隷《どれい》にしたことは聞いていたのだろうが、まさかこんな変態的な姿で出てくるとは思わないもんな。

「フフ……、久しぶりにお姿が見られたと思ったら、前田先生、相変わらず、信じる道を突《つ》き進んでくれているようで何よりでござるな……」

マジか。これで「相変わらず」なのか。昔の九組はどうなっていたんだろう。

股間《こかん》のもっこりしたスクール水着を着た、元教員の前田氏（前田被告《ひこく》と言ってやりたい気分だ）は伏黒の手を摑《つか》んだ。

「私はね……、ずっと自由にしたかったんだよ……、このおっぱいをね……っ！」

「ひぃ～～～～～っ！」伏黒は泡《あわ》を吹《ふ》いている。

「じゃあせんせー。祈梨に女を教えてくれる？」胡桃沢はサイコパスを感じさせる程《ほど》の爽やかさでニッコリと笑った。「私たち、これから授業だから任せるね」

「承知しました。胡桃沢様」前田先生は慇懃《いんぎん》な礼をした。

「既《すで》にラブホの予約は取ってあるから」胡桃沢は、その大切な部屋番号を告げた。「清純駅の東口にある、『SMホテルひまわり』の五〇五号室」

俺と恭野は顔を見合わせた。

伏黒の居場所がわかった。「SMホテルひまわり」の五〇五号室だ。

時計を確認すると、既に六限目の始まる時間だった。

急がなければ。伏黒を変態男によるトラウマから救うために。

＊

「では先生、幸運を祈《いの》ってますよ」

そう言って、恭野は非リア三人衆を連れて六限目の授業へと戻《もど》って行った。恭野と別れた俺は、バスに乗って清純駅前に向かった。

バスに乗っている間、俺はずっと携帯《けいたい》の画面を見つめていたのだが、一向に返信は来なかった。

清純駅に着き、ＳＭホテルひまわりの場所をストリートビューで確認すると、やっぱり、清純駅東口のホテル街にあるみたいだった。俺は走るようにしてホテルに向かった。

ＳＭホテルひまわりは、怪《あや》しいホテルの中でも一際《ひときわ》怪しいホテルだった。入り口が狭《せま》く、ゲートはボロボロでほとんど崩《くず》れかけている。昭和どころか大正に建築されたような趣《おもむき》があった。

幸いにもフロントは無人だった。部屋を選択《せんたく》するパネルをスルーし、落ち着かない原色のエレベーターに乗った。五〇五号室のドアノブを取ると鍵《かぎ》が開いていた。

ドアノブをわずかに引くと、中から伏黒の泣き声のようなものが聞こえた。

間に合え――そう願って、俺はドアを開け放った。

その瞬間《しゅんかん》。

ヤバい光景が……、俺の目の中に飛び込んできた。

それは、X字の枷《かせ》に拘束《こうそく》をされた状態で、全裸《ぜんら》で菱縄縛《ひしなわしば》りをされ、搾乳《さくにゅう》機に繋がれた伏黒だった。搾乳機はブルルルルンと機械的な音を出していて、おっぱいを刺激《しげき》された伏黒は悲鳴に近い喘《あえ》ぎ声を漏《も》らしていた。

「ひぎゅぎゅぎゅぎゅぎゅぎゅっ！」

まずい――伏黒がヤバい状態に――

しかしそれよりもインパクトが強かったのは、なぜか伏黒の服を着た前田先生だった。

なぜ――その服を……。

前田先生は太い体でカッターシャツをはちきらせながら、全裸の伏黒の前で意気揚々《いきようよう》と踊《おど》っていた。

「ハッハハッ！　どうだ伏黒！　自分の衣服が汚《けが》されている感覚は！」

「ぎゃああ〜〜〜っ！　やめて下さい〜〜〜っ！」

「俺の脇汗《わきあせ》を、この服に染《し》み込ませてやるぜぇーっ！　ハーッハッハッハッ！」

「ぎゅううううううーーーっ！」

こ——これは。

間違《まちが》いなく、伏黒のトラウマになってしまう！

これが、高度に発達しすぎて魔法《まほう》と区別がつかなくなった変態プレイだろうか。ハイコンテクスト過ぎて、一目では何をやっているのかが全然わからない。俺はあまりの光景に思考が停止し、あんぐりと口を開けて静止してしまった。

……って、止まっている場合じゃない！

俺は正気に返って走り出した。早く伏黒を助けなければ！

「さぁーて、ではお待ちかねの処女喪失《そうしつ》タイムです！」前田先生は小さな、チ○コというよりはオチ○チンを取り出した。「これで伏黒祈梨、あなたの処女を奪《うば》います！」

まずい——挿入《そうにゅう》されてしまう。

くそっ、間に合うか!?

「や、やめてぇぇーーーーーーーっ！」伏黒は悲痛な叫びをあげている。「先生、助けてぇえええええぇぇぇっ！」

「先生なんてもう助けに来ません。さあ伏黒。今日のことを永遠に覚えていなさい！　仮

にその脳が電脳化され、人工知能となり、千年の月日が経《た》ったとしても、今日の変態プレイのことを毎朝毎晩思い出すことですね！」

「そんなに思い出すのは嫌《いや》〜〜〜〜〜〜〜〜〜〜っ！」そりゃそうだ！

俺は前田先生に飛びかかった！

「さあ、行きますよ！」

前田先生はそう言うと、縛《しば》られた伏黒の腰《こし》を持ち上げた。しっかりと位置を確認《かくにん》し、目を瞑《つむ》ると――ズンッ！　と腰を突き出した。

「きゃあああああーーーっ！」伏黒は悲鳴をあげた。

「く、くうっ！」前田先生は喘いだ。「なんという締《し》まり！　これが処女ですか。まるで握《にぎ》られているような感覚！」

「ふぎゅううううう！」

「気持ちよすぎて、何度もピストンしてしまいます!!」

「きゅううう……」

「なんという名器だ！　しかしこれは、握られているというか……、なんだか、本当に握られているみたいな……っ！」

そこでようやく、前田先生は目を開けた。

俺は前田先生のチ○コを握りながら、前田先生を見上げた。

「前田先生。それは伏黒の中じゃない。俺の手だ！」

間に合った！

ていうか、咄嗟《とっさ》に前田先生のチ○コを摑んでしまったが、温かくて気持ち悪いな……。

ウミウシみたいに動いてるし、生き物みたいだな……。

前田先生は女子高生の中だと思って男の指の中でピストンしていたのが悔《くや》しかったらしく、目を血走らせて叫んだ。

「このぉ……、教師の風上にも置けん存在め。貴様、蕎麦の買収に引っかからなかったこと言い、やはりホモ……」

「んなわけねーだろ！」俺は思わず、チ○コを握る手を強くした。

「うがががが！」前田先生は涙を流している。「なぜ私の邪魔《じゃま》をする！　女子高生の処女を奪うことが、高校教諭《きょうゆ》の本懐《ほんかい》のはずー──」

「んなわけねーだろ！　うおおおおお、この人間の屑《くず》がぁぁぁぁーーーっ！」

俺は叫んだ。もうこのクズには、鉄拳《てっけん》制裁をするしかない！

俺は伏黒の分の恨《うら》みまで込めるつもりで、鋭《するど》いテイクバックで前田先生を殴《なぐ》りつけた。

「お前は腐《くさ》ったみかんじゃあああああーーーっ！」

った。

「うぎゃーーーーーっ！」

前田先生は吹っ飛び、そのまま、ラブホテルのラックに頭をぶつけ、呻《うめ》きながら横にな

……ふう。

人を殴るのが初めてだったので、殴った瞬間関節がバキボキと音を立てたし、拳頭《けんとう》がアホみたいな痛さでジンジンしているが、でも、どうやらダメージ的には上々だったようだ。

前田先生は鼻血を流して、ラブホテルの床《ゆか》に転がっている。

「伊藤先生……」

伏黒は感動したように俺を見ていた。その表情には安堵《あんど》が滲《にじ》んでいた。

前田先生は後で警察に突き出してやることにして、伏黒の救出が先だ。

とりあえず搾乳機をオフにしようと思って適当に機械をいじっていたら、間違《まち》えて「強」にしてしまったらしく、伏黒がよだれを垂らしながら「ひぎゃぎゃぎゃぎゃぎゃ」みたいな声を出したが、最終的にはなんとかオフにすることが出来た。

搾乳機のカップも外してやろうと思ったのだが、カップは不定の液体（汗《あせ》だよな？）で濡《ぬ》れていたし、カップの中では伏黒のおっぱいの先端《せんたん》が切なそうに大きくなっていたので、なんとなく気まずい気持ちになりそうだったし、後回しにした。

「ま……、まずは手錠《てじょう》を外してやるからな」

伏黒は、今更《いまさら》ながら羞恥心《しゅうちしん》が湧《わ》き上がってきたらしく、体を隠《かく》すために膝《ひざ》をクロスさせながら、コクコクとうなずいた。

手錠の鍵を探していると、前田先生にはまだ意識があったらしく、うわ言のように呟《つぶや》いていた。

「うう、台本通りに進めなければ、胡桃沢様に怒《おこ》られる……」

台本？

台本って何だろう？　胡桃沢はいちいち、ＳＭプレイをするためだけにも台本を用意するのだろうか。だとすると用意が周到《しゅうとう》なことだが……。

前田先生は続ける。

「私には台本が……、胡桃沢様の台本が……」

そう言って前田先生は動かなくなった。

――台本？

どうしてだろう。やけに引っかかる言葉だった。

それに、台本という言葉が出た瞬間に――部屋の空気が変わった気がした。

伏黒が、こちらを見なくなったような……。

そう思いながら手錠の鍵を探し――ラブホテルのラックを引き寄せると……。

ラックの上に、妙《みょう》なものが置いてあった。

A4のノートだった。人の名前を書くと死ぬノートなんじゃないかと思うような、黒塗《くろぬ》りの表紙。

ひょっとして、これが前田先生の言っていた台本だろうか？

表紙には「いのりんの♡妄想《もうそう》日記」と書かれている。

「……いのりん？」

SMプレイの台本にしてはポップな字体だ。表紙の文字は、赤、オレンジ、黄色のペンを使って、カラフルに書かれている。

いのりんって、伏黒祈梨だよな。

なんとなく嫌な予感がしながらも、俺は「いのりんの♡妄想日記」のページをめくった。

すると、
そこには鉛筆《えんぴつ》の炭で指が黒くなりそうな程《ほど》の密度で、大量のプレイが書き込まれていた。

日にち：四月六日。

概要《がいよう》：ノーパンで始業式に出る。

感想：待ちに待った始業式の日、今月も胡桃沢さんのプレイは絶好調☆　体育館の床に座った瞬間、お尻《しり》がひんやりして気持ちが良かったよ♪　隣《となり》を伊藤先生が通った瞬間、気持ち良くてアクメしそうだった！　高二の生活もエンジョイ出来そう！
コメント：ノーパンと体育館の相性《あいしょう》は良さそう。

日にち：四月十二日。
概要：体操ズボンのゴムが切れた状態で、女子バレーに出る。
感想：ゴムが切れた状態で体育に出るのはもう三回目！　さすがに三回目になるとルーティン化しちゃってたけど、今日はバレーのスパイクをしなきゃいけなかったから大変！　結局、男の先生の前で三回パンツが丸出しになって絶頂しちゃいました☆
コメント：何度もパンツ丸出しになってる祈梨ウケたｗ

……。

「いのりんの♡妄想日記」には二つの筆跡《ひっせき》が混在していた。
表紙と感想を書いている、丸っこくて可愛《かわい》らしい文字。それから、感想以外の欄《らん》を書いている、解読が難しい走り書きの文字。

走り書きの方の文字には覚えがある。小テストのたびに解読に難儀《なんぎ》するから——これは、胡桃沢の文字だ。

綺麗《きれい》な方の文字は——たぶん、伏黒の文字だ。一字一字、遠慮《えんりょ》がちに書いているような縮こまった印象に覚えがある。

どう見ても仲が良さそうな二人のやり取りを見つめながら、俺はふと、見逃《みのが》していた可能性について考えた。

加虐性愛《サディスト》とは真逆の性癖《せいへき》が……、この世界には存在するということ。

辱《はずかし》められたり痛めつけられたりすることに、快楽を覚える人間がいること。

そう、その性癖は——

ノートを読み進めると、見逃せない文字列が目に入ってきた。

日にち：四月二十日。
概要：全裸《ぜんら》で亀甲縛《きっこうしば》りにされて、教室の掃除《そうじ》ロッカーに放置される。
感想：二回目の全裸放置プレイ！　一回目は私が本気汁《じる》を出しすぎて、掃除が大変だったから水浸《みずびた》しでスタートｗ　十八時くらいに、教室の合鍵《あいかぎ》を持った胡桃沢さんに救出してもらう手筈《てはず》になってたけど、なんと今回はハプニングが発生！　先生が施錠《せじょう》に来た時に足が攣《つ》っちゃって、つい、物音を立ててしまったのです。伊藤先生、私のことを無遠慮《ぶえんりょ》にジロジロと見てて最高に興奮した♡　私の心なんてどうでも良くて、体にしか興味がない、童貞臭《どうていくさ》いオスの視線って感じ♡　おまけに抵抗《ていこう》出来ない私に言葉責めと愛撫《あいぶ》を食《く》らわせてくれたの♡　伊藤先生のアソコ、はちきれそうに脈打ってた……。ひょっとして伊藤先生が、私の求めていた白馬の王子様かも……。

「……」

俺はつい無言になった。
これは……、違《ちが》うよな。
嘘《うそ》だよな……、伏黒。

伊藤先生、紐をほどく時に、わざと私に体を絡《から》ませてくるのが、すごく童貞っぽくて興奮した♡　でも武蔵野先生も好きみたいで、もしかしてホモ？　性欲《せいよく》が強すぎて男と女の見境がつかなくなってるのかも……可哀想《かわいそう》。それからまさかの、放課後の教室で露出《ろしゅつ》目隠《めかく》しプレイ！　伊藤自重しろｗ　でもめちゃくちゃ興奮して濡れ濡れになっちゃったから、伊藤先生も私が変態だって気づいちゃったかもｗ　それから一時間くらい絡み合ってたけど、結局先生は私に手を出してくれなかった……。放置プレイ好きなのかな？　物足りなかったから保健室でエッチねだっちゃった♡　でもガード堅《かた》すぎてときめいた。家に帰ってから何度も思い出してオナっちゃった☆　やっぱり、男にされるのと女にされるのって全然違う！

あと伊藤先生、胡桃沢さんのいじめ止めるって言ってた。私を強奪《ごうだつ》する気かも！

コメント：教室を覗《のぞ》いたら先生がいたからびっくりした！　私も先生に負けないように頑張《がんば》るね！

「よ……、読まないでぇ……」伏黒は泣いている。

「……伏黒」

「ひ、ひぃ……」

「……嘘だよな？」俺は確かめた。「お前の本心が……、こんな変態女だなんて……」

「ち、違いますよ……」伏黒は大泣きしている。

「そうだよな……。ハメられたんだよな？　伏黒……」

「は、ハメるだなんてぇ……♡」

ん？　「この日記……、本当はお前が書いてないんだよな……？」

「カいてません……。恥《は》ずかしいことを思い出しながら、カいてません……♡」

ん……!?　「濡れ衣《ぎぬ》だよな……!?　伏黒……」

「ぬ、濡れ濡れなんかじゃぁ……♡」

「……」

俺はふと、いつかの生徒指導室で胡桃沢に言われた言葉を思い出していた。

「昨日交換《こうかん》ノートで、祈梨が変なこと言ってたんだ。せんせーが私のいじめを止めようとしてるって」

あの時言っていた交換ノートって……、これのことだよな……。

日にち：四月二十四日。

概要：十六センチの上靴《うわぐつ》で一日を過ごす。

感想：今日のいじめは苦痛系☆　靴を小さくするなんて私には思いつかなかった！　やっぱり胡桃沢さんはすごいなー。でもハプニング！　私が苦しんでいる姿に性欲がブチ上がってしまった先生が、英語の授業中にもかかわらず私のスカートの中に頭を突《つ》っ込んだ！　アグレッシブ過ぎｗ　でもみんなに見られててちょー興奮した。伊藤先生、尽《つ》くす男って感じだね。

コメント：また先生に上を行かれちゃったね。

日にち：四月二十五日。
概要：授業中にバイブレーターを鳴らす。
感想：羞恥《しゅうち》系のいじめ☆　蕎麦くんが「バイブが鳴ってる！」って言った瞬間《しゅんかん》、みんながチラチラと私の方を見てて気持ちよかった。でも伊藤先生が私の気持ちよさに嫉妬《しっと》したのか、自分のバイブだ！　って言って、私の気持ちよさを横取りしちゃった（怒）
コメント：プレイの横取りはマナー違反《いはん》だね。

日にち：四月二十七日。
概要：放課後講座中に、見知らぬ男の子に手コキ！
感想：今日は楽しみで楽しみで、朝から楽しみ過ぎて、二限目の頃《ころ》にはパンツがぐしょぐしょになってたｗ　ちょｗおまｗｗんこｗｗｗｗ
放課後講座中に手コキするの、めちゃくちゃ興奮した！　でも一番興奮したのは、先生にイ〇マチオさせられたこと！　祝♡初フ〇ラ。初フ〇ラがこんなに無理矢理《むりやり》なんて夢みたい！　小学生の時から、こんな無理矢理なフ〇ラに憧《あこが》れてた！　プ〇キュアとフ〇ラチオは女の子の憧れだよね☆　字面《じづら》も似てるし！　せんせーの発射が早すぎて内心クソワロタｗ　童貞くせえｗｗｗ　ちなみに精液は、生ゴミみたいな臭《にお》いがして食生活心配した……。テンションが上がり過ぎて窓から飛び降りそうになって先生に止められた。↑バカ

今日も伊藤先生は神だった……。

私、今までずっと胡桃沢さんに迷惑《めいわく》をかけちゃってたけど、今日やっと離《はな》れられる気がしたよ。今までありがとね。先生が言ってた「女医」っていう進路、毎日人の痛かったり辛《つら》かったりする所を見られるなんて最高だと思った。本当に私のことを考えてくれてる人だなって感動した。もう朝から晩まで先生のことしか考えられなくなってる。ごめんね、独り言みたいになっちゃった。

コメント：

日にち：五月一日

概要：前田先生と援助《えんじょ》交際

感想：

コメント：祈梨は私が取り戻《もど》してみせる！

日記は、そこで終わっていた。

五月一日の日記にだけ、胡桃沢の文字で綿密なプレイの計画が書かれていた。前田先生が台本と呼んでいたものはそれだろう。

「……」

俺は日記を読み終わった後も数秒ほど、何も言えずにそこに突っ立っていた。

そして、搾乳機《さくにゅう》を付けられたロケットおっぱいの女子高生――伏黒祈梨を――今まで以上にじっくりと観察した。

伏黒の唇《くちびる》からは、熱を帯びたような吐息《といき》が発せられていた。全身は汗《あせ》で濡《ぬ》れており、興奮のあまり肌《はだ》は子豚《こぶた》のようなピンク色に染まっていた。太い両足は秘部を守るためにクロスされており、隠《かく》された下半身はピクピクと快楽に悶《もだ》えるように震《ふる》えていた。

眉尻《まゆじり》と目尻《めじり》はだらしなく下がりきり、目は焦点《しょうてん》を失ったままラブホテルの中空を見つめていた。鼻の下は鼻水とよだれでぐちゃぐちゃになっており、人中《じんちゅう》は好色そうに伸《の》び切っている。力なく開いた口元からは真っ赤な舌が飛び出ていて、咽頭《いんとう》からは痙攣《けいれん》のような喘《あえ》ぎ声が漏《も》れ聞こえていた。

そして――その股間《こかん》は、ぬるぬるの粘液《ねんえき》によって濡れ、ラブホテルの照明に反射してグロスのように輝《かがや》いていた。

こ、こいつ――

変態だぁぁぁぁぁぁぁぁ。

うわあああああああああああああ。

どう見ても変態じゃないか。俺はこんな変態女と二人で、甘酸《あまず》っぱい青春ごっこをやっていたのか……。

あああぁぁぁあああぁぁぁぁあああああぁぁぁ……。

伏黒は開き直ったように嬉《うれ》しげな表情を浮《う》かべると、テンションが高めの声で、快楽に喘ぎながら俺に叫《さけ》びかけた。

「バ、バレちゃいましたぁ……♡　そうなんですぅ……♡　私はぁ……、三度の飯より恥ずかしいのと気持ちいいのが好きなぁ……、被虐性愛者《マソヒスト》の変態女なんですぅ……♡」

「そんなバカな……」

「はぁぁん♡　せ、先生……、私を軽蔑《けいべつ》してますよねぇ……♡　だ、大好きな先生にそんにゃ目で見られるなんてぇ……、これ、私の妄想《もうそう》リストで一番気持ちいいパターン……♡　お気に入りのおかずぅ……♡　うにゃぁぁ……♡」

「伏黒……お前、どうして……」

「どうしてもこうしてもないですぅ……♡　気持ちいいコトって……、キモチイイですからぁ……♡　胡桃沢さんに頼《たの》んで、いじめてもらってたんですぅ……♡♡」

「お、お前、俺の家で、痛いのとか苦しいのとか、嫌《いや》だって言ってたじゃないか！」

「それはぁ……♡　嫌がる気持ちじゃないとSMが楽しくないからですよ……♡♡　快楽のためにぃ……、そういうマインドを作っていただけの話ですぅ……」

「ううっ……」

「被虐性愛《マゾヒズム》はストーリーなんです……♡　全力で嫌がってるのにされるから、気持ちいいんですよぉ……♡　SMの基本じゃないですかぁ……♡♡」

「じゃあ、たまにお前が壊《こわ》れていたのも……」

「壊れる……♡　たぶんそれは……、テンションが上がりすぎて素《す》に戻っていただけだと思いますよ……♡♡♡」

「そっちの方が素だったのか……」

「私、こんな恥ずかしい格好を、大好きな先生に見られて……、き、気持ちいぃ……♡」

伏黒はビクビクと痙攣をすると、忘我の境地で宙を見つめながらだらりと舌を出した。

「あへぇ……♡」伏黒はあられもないアクメ顔を晒《さら》している。

伏黒のいやらしいアクメ顔を見つめながら、俺は絶望的な気分でうずくまっていた。

「やっぱりぃ……、好きな人に軽蔑されるのは格別ぅ……♡　しゅきぃ……♡　せんせーしゅきぃ……♡　私をケーベツしてる所も含《ふく》めてぇ……、だーいしゅきぃ……♡」

俺は、ワールドカップの決勝でＰＫを入れられて負けたゴールキーパーのように、ラブホテルの床《ゆか》にうずくまっていた。

俺は――どうすれば……。

その時、部屋の奥から胡桃沢朝日が出てきた。

どうやら五〇五号室には二部屋あり、胡桃沢は奥の部屋にいたらしい、ていうか、よく見たら奥の部屋へのドアは普通《ふつう》に開いていたし、なんならその奥に回転ベッドがある所まで見えていたが、こっちの部屋で色んな事件が起こり過ぎて気づかなかった。

胡桃沢はぱちぱちと拍手《はくしゅ》をした。それは賞賛の拍手だった。

「すごいね、せんせー。今回は私の負けだよ」

胡桃沢は勝手に負けを認めて、勝手に俺を讃《たた》えた。

「まさか、祈梨をこんなにも気持ちよくしてあげられる男が現れるなんてね……。悔《くや》しかったな。ポッと出の男なんかに負けてられるか！　って思ってたけど、でも、女の子にされるよりも男の人にされる方が、祈梨だって気持ちいいよね」

「んほぉ……♡♡」伏黒が「その通りですう」とでも言うみたいに喘いだ。

「私だって、こんなに祈梨を気持ちよく出来るんだぞ！　って言いたくて、無理矢理前田先生とヤらせてみたけど……、完敗だったね。祈梨、前田先生に襲《おそ》われてる時よりも、自分が変態だって伊藤先生にバレた時の方が気持ちよさそうだったもん……」

「いえすぅ……♡♡♡」

「祈梨が私の下《もと》からいなくなっちゃうのは寂《さみ》しいけど……、でも、これだけ気持ちよさそうなんだもん。私、祈梨と先生の仲、認めてあげることにする」

胡桃沢は寂しそうにそう言うと、俺に鍵《かぎ》を手渡《てわた》した。どうやらそれが伏黒の手錠《てじょう》の鍵のようだった。

「胡桃沢、一応聞いておくんだけど、お前の性癖《せいへき》、加虐性愛《サディズム》ってことは……」

「うーん、そういう一面もあるけど……」胡桃沢は首を捻《ひね》った。「じゃーね、せんせー。また遊ぼうねー。今度の遊びは、絶対に私が勝つからね！」

それだけを言うと、胡桃沢は五〇五号室を出て行った。ラブホテルの階段を、胡桃沢が勢い良く走り去っていく音が聞こえた。

……。

まぁ——今更《いまさら》、胡桃沢の性癖なんて、どうでも良くて。

それよりも、今大事なことは……。

俺は立ち上がり、ラブホテルの一室を見つめた。

そこには、人間大の漆黒《しっこく》のX字枷《かせ》があって、変態──伏黒祈梨が磔《はりつけ》にされていた。伏黒のロケットおっぱいは搾乳機で締《し》め付けられていて、口からは快楽のあまり、だらしなく舌が出ている。

「せ……、せんせーっ♡　外して下さいぃ♡」

俺は彼女の体に這《は》っている縄《なわ》を見てため息をついた。

被虐性愛者《マゾヒスト》の──伏黒祈梨。

「……」

「だ、大好きな先生にぃ、そんな目で見られるなんてぇ、私、気持ち良くてぇ〜〜♡」

プシャアアーッ！

伏黒は喘いでいる。ちなみに、プシャアアーッがなんの音なのかは、説明したくないので説明しない。

家に帰って眠《ねむ》りたい気分だったが、さすがにこの状況《じょうきょう》を放置しては帰れない。

後処理……するのか。

はぁぁぁぁぁ……。

どうして俺はこんな変態女を、純粋《じゅんすい》ないい子だと勘違《かんちが》いしていたんだぁぁ……。

「先生に会えるなら学校も悪くない」って言われたの、嬉しかったのになぁ……。

ああぁぁぁ……、死にてぇぇぇぇ……。

「はぁ……♡　投げやりな触《さわ》り方ぁ……、素敵《すてき》ぃ……♡」

「うるさいぞ、変態」

「やったぁ、変態って言われましたぁ……♡　変態いただきますぅ……♡」

ロープを触るたびに、伏黒の体がビクンビクンと震える。

「しゅきぃ……♡　しゅきですぅ……♡　せんせーしゅきぃ……♡　大しゅきぃ……♡」

うるせーよ。指が痛《いて》ぇよ。爪《つめ》切ってくるの忘れたよ。

「せんせーが私にしゃぶらせた罪は……、まだ償《つぐな》われていないんですよぉ♡」

知らねーよ。

「償うためにぃ……♡　付き合って下さいぃ……♡♡」

はぁ？　人間様がテメェみたいなブタの口に何突《つ》っ込もうが、罪には問われねーよ。もっかい突っ込むか？　ああん？

「さいこぉ……♡」

最悪の気分だよ。

「これからももっと、せんせーに蔑《さげす》まれたい♡　見下されたい♡　変態だと思われたいぃ……♡」

もう思ってるから大丈夫《だいじょうぶ》だよ。

「あざっすぅ……♡」

いてぇ、マジで指がいてーよ。つーか伏黒、お前がほどけよ。

「物理的にぃ……♡　不可能ぅ……♡」

もう、本当に面倒《めんどう》くせーよ。バチィン！

「お尻《しり》ぃ……♡　叩《たた》かないでぇ……♡」

変態のケツを叩きながら、俺はふと思った。

明日も明後日《あさって》も……俺は、こういった特殊性癖《とくしゅせいへき》の生徒の相手をしなければならないのだろう。

こいつらが卒業するまで——特殊性癖の奴《やつ》らの面倒を見なければならないのだろう。

なぜなら俺は——特殊性癖教室の担任なのだから。

そんな、諦《あきら》めのような気持ちを胸に抱《いだ》きながら、俺は変態のケツを叩いていた。

エピローグ

五月二日、水曜日。

朝のホームルームのために早めに教室に向かうと、入り口に恭野《きょうの》が立っていた。

「おはようございます、先生」

相も変わらず、完全犯罪のような笑《え》みを浮《う》かべている。俺は昨日から聞きたかったことを恭野に聞いた。

「お前さ……、伏黒《ふしぐろ》が被虐性愛者《マゾヒスト》だっていうの、知ってたんだよな？」

そう聞くと、恭野は目ざとい猫《ねこ》のように俺を見た。

「どうしてそう思ったんですか？」

「だって恭野は最初から冷静だったし、伏黒が酷《ひど》い目に遭《あ》っていた時も、あんまり心配そうにはしてなかったよな。それってあんまり恭野らしくないし……。恭野は特殊性癖教室に四年以上いるんだし、勘《かん》も鋭《するど》いし、知っていてもおかしくないと思った」

するると、恭野はポケットに指を入れて、スカートをくしゃりと摘《つ》まんだ。

「どうでしょうね。私は最初から何も知りませんよ」

言葉とは裏腹に、肯定《こうてい》するような声色《こわいろ》だった。やはり知っていたのだろう。だって、知っていなければ「宿題」にはならない。答え合わせが出来なくなるからだ。

じゃあ、どうして恭野は、伏黒の性癖を知った上で、俺に伏黒の問題に取り組ませたのだろう。

だって……、取り組まなくたって、誰《だれ》も困っていなかったはずだよな？

結局、今回の件は、ただ惚《ほ》れなくてもいい奴が俺に惚れただけで……。

そう思っていると……、
その質問に答える代わりに、恭野は夜の学校で見せた大人びた表情を浮かべた。

「先生は、特殊性癖教室の担任になったこと、後悔《こうかい》してませんか？」

ひょっとすると、
恭野が「宿題」を出したのは、伏黒の問題を解決して欲しいから——というのは、単に

表向きの理由であって、

本当はただ、伏黒の問題に取り組む過程で、特殊性癖教室のことを、俺に理解して欲しかっただけなのかもしれない。

そう言われてみれば今回の件で、俺は二年九組のことを嫌《いや》というほど理解した。

——特殊性癖教室。

全員が特殊性癖を持った、二十人の高校生。二十人ともが、自分の性癖を隠《かく》している。いじめられっ子がマゾの変態かもしれない。クラスの委員長が、思いもよらない性癖を持っているかもしれない。昨日信じたことが、明日裏切られるかもしれない。ひょっとすると二十人全員が、嘘《うそ》をついているかもしれない。

——そんな状況で。

俺が、教師でいることを後悔せずにいられるのか。

その質問に——俺はこう答えた。

「後悔してないよ」

意地になったような気持ちで——そう言った。

こうなったら、お前らが卒業するまで、死んでも担任してやるからな。

黒蜜《くろみつ》のショートヘアの女の子はうなずいた。ほんの少しだけ笑った気がした。

＊

にしても、早く来すぎてしまった。恭野がいなくなり、あくびをしながらホームルームの開始を待っていると、今度は伏黒がやってきた。

「先生……、おはようございます……」

伏黒は学校指定のダサいリュックを背負っていた。昨日全裸《ぜんら》でガンガン喘《あえ》いでいた伏黒を知っているだけに、なんとなく気まずい。

昨晩だって伏黒のことを思い出して、あまり眠れなかったのだ。

「お、おう、おはよう……」

とりあえず、挨拶《あいさつ》だけをした。すると、伏黒はぐずるような声を漏《も》らした。

「うう……」

……また泣いているのか。

なんだか嫌な予感がするが、伏黒は続けた。

「きょ……、今日は遅刻《ちこく》しそうで、急いでたんです……」

「急いでてどうしたんだ」

「間違《まちが》えて、ノーブラ+ちょっと小さいカッターシャツで学校に来ちゃいました……」

そう言う伏黒のカッターシャツには、浮いてはいけないものが浮いて——

「ほ、保健室に行けー！」

その時、キーンコーンカーンコーンと、タイミングが悪くチャイムが鳴った。

「ウフフ……、チャ、チャイムが鳴っちゃいましたねえ……、どうやら、これで授業を受けないといけないみたいですねえ……♡」

「……」俺は絶句した。「お前、そんなに乳首《ちくび》が浮いた状態で、どうやって学校まで来たんだ」

「ジロジロ見られるのでえ……、ずっと泣いてましたあ……」

「快楽に貪欲《どんよく》過ぎるだろ！」

「ああ……♡♡　恥《は》ずかしい格好をした上に、全く心配されてないの、最高ぅ……♡♡」

伏黒は顔を真っ赤にしている。どうやら性感に耽《ふけ》っているようだ。

はあ、今日もまた色んなことが起こる日になりそうだ……。

＊

三限目の空き時間に、祖父に呼び出された。学苑長室《がくえん》に行くと、祖父は開口一番こう言った。

「お前のクラスに、伏黒祈梨《いのり》という女の子がおるよな」

「はい」

「あの子のことが、少し気になっておったんじゃが……」

学苑長が、たった一人の生徒を気にかけているのは意外だった。しかし、祖父はなんでもないことのように言った。

「何を驚《おどろ》いておる。特殊性癖教室の生徒のことなら、伏黒祈梨だけではなく、ワシは一人一人把握《はあく》しておるぞい」

「はぁ……」

それで、伏黒になんの用事だろうか？

まさか、放課後の教室で俺が全裸の伏黒と絡《から》み合っていたのがバレたか？　それとも、放課後講座でフ○ラをさせたのがバレた？　いや、伏黒を自分の家に入れたのがバレた？

伏黒と一緒《いっしょ》にＳＭホテルにいたのがバレた？　いや――もっと遡《さかのぼ》って、家庭科室で胡桃《くるみ》沢《ざわ》に「ヤらせてくれ」と土下座したのが、伏黒からのタレコミでバレたとか……。

怯《おび》えている俺に、祖父は続けた。

「あの子、急に変わったのう」

「ま、まあ……、変わりましたね」

確かに、伏黒の変化は目を惹《ひ》くかもしれない。なんせ、清純な女の子が二日間媚薬風呂《びやくぶろ》に浸《つ》けられて快楽堕《お》ちしたかのような変化ぶりである。僕もショックだよ。

「それは別に、僕の責任ではないというか……。僕は全然関係ないというか、伏黒という女の子のことを、僕はそもそも知りません！」俺は言い逃《のが》れをしようとする。

「胸を張れ！　ワシはお前の祖父として誇《ほこ》り高いぞい！」

「……はい？」

「伏黒祈梨の『性癖《せいへき》評価』は、本日付でＡ評価じゃ！」

「えーっと、性癖評価とは……」なんだその邪悪《じゃあく》なミームは……。

「ワシが独断と偏見《へんけん》で付けておる評価じゃよ」祖父の目は爛々《らんらん》と輝《かがや》いている。「あの伏黒という子は今まで、性癖評価は最低クラスじゃったのじゃが……」

「いや、知りませんけど……」

「一気に最高クラスじゃ。あの子は今まで、性癖を隠しすぎていたのが良くなかった」祖父は興奮しながら続ける。「なんせ、胡桃沢という生徒以外には、自分の性癖を明かしておらんかったからのう」

「隠した方がいいものって、世の中に腐《くさ》るほどあると思いますが……」

「被虐性愛《マゾヒズム》というのは厄介《やっかい》な性癖でのう。『さあ、私を痛めつけてくれ』『痛めつけられた、気持ちいい』じゃ駄目《だめ》なんじゃよ。痛いことをされるからには、それ相応のストーリーと必然性が大事なんじゃ。だから表立って人に『いじめて欲しい』とは中々言えない、厄介な性癖なんじゃよ」

「なんでそんなに被虐性愛《マゾヒズム》に詳《くわ》しいんですか？」そういう趣味《しゅみ》ですか？

「だから隠しておったんじゃろうが……、しかし少しは他人に言わないと、いじめてもらえるものももらえなくなる。あの子はそれを悟ったんじゃろうな」祖父は目を細める。

「そんなに優《やさ》しい顔をされても……」

「お前が教師になって、こんなにも劇的に生徒の成績が上がるとはな。フフフ。やはり、お前を特殊性癖教室の担任にして正解じゃったのう……」

性癖評価が上がる一方で、人間としては堕落《だらく》している気もするが……。

ほくほく顔の祖父を残して、学苑長室を出た。

俺はふと、まだ性癖を明かしていない生徒たちのことを思い出した。恭野や、胡桃沢や、宮桃《みやもも》や——その他《ほか》、十数人の生徒のことである。

奴《やつ》らの中にも、伏黒のような本性《ほんしょう》が眠《ねむ》っているのかと思うと、実に憂鬱《ゆううつ》な思いであった。

＊

ゴールデンウィーク前に、データ入力の雑務を終わらせていると、十七時半になった。

俺は施錠《せじょう》のために九組に向かった。

九組の奴らには、あと四日会えないんだなーと、ほんの少しエモーショナルな気持ちになっていると、早速《さっそく》会ってしまった。

教室の前に、恭野が座り込んでいたのだ。

恭野は俺を一瞥《いちべつ》すると、読んでいた英単語帳を鞄《かばん》の中に入れて、スカートを後ろ手で押さえながら丁寧《ていねい》な動作で立ち上がった。

「お疲《つか》れ様です、先生」

そう言う恭野の肌《はだ》は、夕焼けに照らされて飴色《あめいろ》に光っていた。俺も釣《つ》られて「お疲れ」

と答える。すると、恭野はここに座っている理由だとか、俺を待っていた理由だとか、そういったことは全く口にせず、単刀直入に本題を切り出した。

「宿題はまだ終わってませんよ、先生」

「えっ、あれで提出完了《かんりょう》じゃないのか」

恭野はいたずらっぽく笑った。どうやら恭野の出す宿題は一つではなかったらしい。恭野は少し背伸《せの》びしたような口ぶりで、次の宿題を告げた。

「私が先生に出す、次の宿題は——」


〈了〉

あとがき

ありがちな話ですが、私は幼少期には、人と関《かか》わることが苦手な子供でした。学童保育の先生曰《いわ》く、私は「登り棒に上ると永遠に下りてこない子供」だったそうです。たぶん、人と話すのが嫌《いや》だったのでしょう。成長と共に、なんとなく他人と関われるようになりましたが、それでも根本の部分で、人とうまく仲良くなれない部分が残りました。

そんな私と、他人との距離《きょり》を縮めてくれたのが下ネタでした。中学・高校時代の男子における、コミュニケーションツールとしての下ネタの便利さはすさまじく、私は下ネタを意図的に用いることによって、クラス内のポジションを確立しました。当時の下ネタはビットコインのごとき流動性を持っており、我々は無数の下ネタを、発情したゴリラよろしく、ウッホウッホと投げつけ合っていました。

そんな経験があるからでしょうか。私は二十代半ばとなった今になっても、人に下ネタを投げつけるのが大好きな、間違《まちが》った大人になってしまいました。挙げ句の果てにはKADOKAWAさんにまで投げつけてしまい、そしてそれを、現編集のIさんが受け取りました。下ネタによる因果が巡《めぐ》り巡って、この本は出版されたということです。

世間では下ネタは、不真面目《ふまじめ》で、価値の低いものとされています。

でも、下ネタって良《い》いですよね？

皆《みな》さんにこんな現象の経験はないでしょうか。「こいつ、いけすかないな」と思っていた奴《やつ》が、くだらない下ネタを言った瞬間《しゅんかん》に、急にいい奴に見える現象を。「怖《こわ》い」と思っていた上司が、不可避《ふかひ》的な腹痛でミーティングを遅刻《ちこく》したりすると、「フフッ」となってしまう現象を。可愛《かわい》くて近寄りがたい女の子が、くだらない下ネタを言ったりすると、隙《すき》があるように見える現象を。

下ネタには、母の愛情のような温かみがあります（言い過ぎました）。だから、空想の中でくらい、全《すべ》ての人間が下ネタに突《つ》き動かされている世界があってもいいのではないか。そんな世界があればけっこー楽しいのではないか――という気持ちから、この小説が出来たような気もします。気がするだけで、実際は別の理由だったような気もします。そんな理由が二％くらいで、残りの九十八％は別の理由のような気もしてきました。

ともかく、毒電波に突き動かされるようにして、このアホな小説が爆誕《ばくたん》しました。読んで下さった皆様《みなさま》に、最大限の感謝を。そしてお時間あれば、公式サイトのオーディオドラマの方も聞いて下さると嬉《うれ》しいです。また次作でお会い出来ることを願っています。

中西鼎《なかにしかなえ》

特《とく》殊《しゅ》性《せい》癖《へき》教《きょう》室《しつ》へようこそ

著　中西《なかにし》 鼎《かなえ》

角川スニーカー文庫　20802

2018年3月1日　初版発行

発行者　三坂泰二

発　行　株式会社KADOKAWA
〒102-8177 東京都千代田区富士見2-13-3
電話　0570-002-301（ナビダイヤル）

印刷所　旭印刷株式会社
製本所　株式会社ビルディング・ブックセンター

Printed in Japan　ISBN 978-4-04-106678-2　C0193

★ご意見、ご感想をお送りください★

〒102-8078 東京都千代田区富士見 1-8-19
株式会社KADOKAWA　角川スニーカー文庫編集部気付
「中西 鼎」先生
「魔太郎」先生

角川文庫発刊に際して

角川源義

第二次世界大戦の敗北は、軍事力の敗北であった以上に、私たちの若い文化力の敗退であった。私たちの文化が戦争に対して如何に無力であり、単なるあだ花に過ぎなかったかを、私たちは身を以て体験し痛感した。西洋近代文化の摂取にとって、明治以後八十年の歳月は決して短かすぎたとは言えない。にもかかわらず、近代文化の伝統を確立し、自由な批判と柔軟な良識に富む文化層として自らを形成することに私たちは失敗して来た。そしてこれは、各層への文化の普及滲透を任務とする出版人の責任でもあった。

一九四五年以来、私たちは再び振出しに戻り、第一歩から踏み出すことを余儀なくされた。これは大きな不幸ではあるが、反面、これまでの混沌・未熟・歪曲の中にあった我が国の文化に秩序と確たる基礎を齎らすためには絶好の機会でもある。角川書店は、このような祖国の文化的危機にあたり、微力をも顧みず再建の礎石たるべき抱負と決意とをもって出発したが、ここに創立以来の念願を果すべく角川文庫を発刊する。これまで刊行されたあらゆる全集叢書文庫類の長所と短所とを検討し、古今東西の不朽の典籍を、良心的編集のもとに、廉価に、そして書架にふさわしい美本として、多くのひとびとに提供しようとする。しかし私たちは徒らに百科全書的な知識のジレッタントを作ることを目的とせず、あくまで祖国の文化に秩序と再建への道を示し、この文庫を角川書店の栄ある事業として、今後永久に継続発展せしめ、学芸と教養との殿堂として大成せんことを期したい。多くの読書子の愛情ある忠言と支持とによって、この希望と抱負とを完遂せしめられんことを願う。

一九四九年五月三日